散文鑑賞入門

魏飴 著

目錄

目錄

目錄

原版序

魏飴君要我爲他的新著《散文鑑賞入門》寫一篇序文。我心裡很有些惶恐。因爲時下寫序的大抵都是名人，而我不過是一名普通的文學編輯。又因爲文學鑑賞乃專門學問，我對此知之甚微。然而，魏飴君與我有三載同窗之誼，此後又交往頗密，我縱使才力不逮而稍生推諉之意，也是於情於理不合的。

魏飴君少小即酷愛詩文。大學攻讀期間便時有秀文佳篇見諸報刊。後來留校擔任寫作教學，更汲汲於文學研究。近幾年，他不但發表了數十萬字的單篇論文，而且先後出版了《詩歌鑑賞入門》、《新詩創作講話》兩本專著。現在，新著《散文鑑賞入門》又將付梓面世。對於他的努力，他的不甘於寂寞的精神，我是很欽佩的。

在我看來，文學創作和文學鑑賞都不是很容易的事。前者是作家因了現實生活產生感動而形諸文字、寫成作品。後者則是鑑賞家依據文學作品而生出想像，引起感動，發爲品評。兩者都是創作。不過後者是一種再創作，或如豐子愷先生所說的，是「創作的逆行」（引自《藝術修養基礎》)。何況，文學鑑賞是比文學創作更廣泛更大衆的一種精神活動。所以，那種輕視文學鑑賞，把它看得很容易的見解，其實淺薄得很。魏飴君在這方面用力甚勤，耕耘不已，這無論對於學界、對於社會，都是一種奉獻。

我國不但是一個詩國，而且有悠久的散文傳統。戰國以降，至唐宋明清，從「五四」到現在，散文一直爲人們所喜愛。可是，歷來的散文理論研究，多注重散文創作，很少涉足散文鑑賞。從客觀上，從方法論的角度談散文鑑賞的，就我的管見，還不曾有過。魏飴君的這部《散文鑑賞入門》所要解決和回答的，正是這一課題。因此可以說，在這個領域裡，它是有某種開創性的意義的。

這種開創性的意義，主要表現在本書能站在接受美學和鑑賞美學的高度，從總體出發，從細部下筆，全方位、多角度地闡明散文鑑賞的諸種問題，交給讀者一片打開散文藝術寶庫的鑰匙，使之「舉一反三」、「捫毛辨骨」。同時，作者經心構架，使之形成了一個嚴密的科學體系。全書以散文鑑賞的本質與特徵開篇，接下來辨散文之體，探散文之美，繼而用整整三章的大篇幅精微地闡述散文鑑賞的具體方法和途徑，最後以散文鑑賞能力的培養作結。全書讀來從容不迫，有理有據，顯示出較强的邏輯力量和理論色彩。

蕭乾先生曾在一篇文章中引用過這麼一句話：「藝術的陶醉並不由於那藝術品……卻由於鑑賞者不明白那東西……」這話說得是極有見地的。照蕭乾先生看來，倘使鑑賞家太熟悉藝術品本體的一切，便會失去那點由朦朧而來的陶醉（參見《書評研究》。這裡，實際上是談鑑賞的距離。對於鑑賞者來說，上述這種情形，自然是獲得美感的一種極致。但是，對於指導鑑賞的研究者來說，卻不能這樣。他必須熟悉藝術本體的一切，否則便無從指導藝術鑑賞。從本書看來，作者對散文本體的研究，也是學養有素的。他追源溯流，旁徵博引，對散文的古今流變進行了一番認真梳理，並進而以此爲根據，把散文放在詩歌、小說、戲劇等多種文學品類中加以比較，提出鑑賞散文的關鍵是尋「散文的心」，也即尋找散文作者心靈情志的藝術美。同時還把散文的藝術特徵歸納爲四個方面：一是真人真事的「裸體美」，二是細膩酣暢的情感美，三是別具一格的語言美，四是園林布局的結構美。這都是說到了散文實處，悟到了散文精微之處的行家之言。這也說明，作者不但深味散文鑑賞的箇中曲折，而且掌握了散文創作的內部規律。

劉勰在《文心雕龍》的〈知音〉篇中感慨地說：「知音其難哉！音實難知，知實難逢，逢其知音，千載其一乎！」這固然多少有些誇張，但也真實地道出了領略文學作品的奧妙確非易事。但他又指出：「操千曲而後曉聲，觀千劍而後識器。」可見通過努力，仍可辨明藝術奧境。難能可貴的是，本書在總結前人經驗的基礎上，摸索出了一套由淺入深，由外入內的鑑賞散文的具體方法和途徑，即：

牽住線索，沿波討源；

縱觀全局，探索主題；
剖析結構，仔細理會；
感同身受，漸入佳境；
因聲求氣，循聲得情；
玩味理趣，回環解釋；
辨明作法，深入體察；
把握個性，類型鑑賞。

古今美文，皆出於妙悟。散文創作也貴在講究一個「悟」字，散文鑑賞亦然。可喜本書把「悟」字貫通全書，雖探求鑑賞方法又不拘泥於方法，而是取其要旨，且在每一具體方法的闡述過程中佐以極典型的例證，從而把讀者帶入自由的、內動的、深層的審美觀照中去。我以爲，這些鑑賞方法及其闡述，對於讀者特別是青年朋友無疑具有很强的指導作用。

不少研究文章在論及散文的技法時，好用「以無法爲有法」來閃爍其詞。其實，即使達於化工、老道天成的絕妙佳作也不是縱筆絕迹，了無蹤迹的，只不過其技法與內容難分難解，渾然一體罷了。只要你仔細玩味，終能覓到它的蛛絲馬迹。本書不迴避這個問題，敢於標新概括出八種散文技法——烘雲托月、橫雲斷峯、前後呼應、虛實相生、欲擒故縱、欲揚先抑、寫意傳神、張弛結合。這雖然不能說已經寫盡了散文的技法，也不能說都概括得很準確，但做到了這一步，已是很不容易的了。

還要提到的，是全書兼有知識性和可讀性。那文字是極樸素自然的，如悠悠行雲，潺潺流水。近來有些理論著述，讀起來如觀鏡花水月，卻又擺出一副高深面孔，滿篇堆砌難澀字眼，陌生術語，令讀者望而生畏、卻步。似乎非如此不足以顯示著家的高明。這本書卻不這樣，親切地、娓娓地談來，深入淺出，有時打一個比喻，有時講一段文字軼事，把不容易說清的道理讓你弄懂，一步一步把你引入散文鑑賞的堂奥妙境。不知是誰說的，只有自己透徹明了的東西，才能談得通俗易懂，化抽象爲具體，化艱深爲平易。看來，作者對於散文鑑賞的學問工夫已漸次進到了這種境地。

拉拉雜雜說了上面這些話，無非都是門外談。不過我的意思卻是清楚的，即這部新著，實屬一部言之成理、醰醰有味的書，讀者諸君尤其青年朋友不妨一閱。我不知道當此新著即將印行之時，魏飴君是否生起一種寂寞的愉悅，在我，倒是要爲他道一聲祝賀的。

葉培昌　一九八九年九月十五日於三間橋邊

小引

如果詩歌是窗，那麼散文則是門。窗，當然是不能隨便出入的，但是，門——大家都可以從這裡進進出出……寫日記、讀書信、作序跋等等，我們幾乎每天不都是在和散文打交道嗎？

然而，人們常常聽到有「詩人」、「小說家」和「戲劇家」的稱謂，但比較而言，專門從事散文創作的「散文家」卻少得很。這種情況，在鑑賞與評論界更是如此，不信你可以屈指數數，專門從事散文鑑賞與評論的又有多少呢？這樣講，是否散文就一定衰落呢？不是！

實際上，作爲四種傳統文學樣式之一的散文，在世界各國一直都很發達，只是未能像詩歌、小說和戲劇那樣受到研究者的足夠重視，這尤其又以文學散文與一般散體文章混雜不分的歷史時期更爲突出，況且「散文」這個名稱至今仍是模糊不辨。

也許散文的運用太普遍了一些，散文作爲一種文學藝術在一般人的心目中並沒有深刻的理解。這也難怪，散文幾乎是一種無所拘束的文體，其題材範圍又可謂是無所不及。人類生活中那些不宜用其他文學品類反映的，都可以用散文來表現。散文好比是滿山遍野的小花，誰人都可以隨手採擷。因而，在有些人看來，搞散文創作就要低一個層次。鑑賞散文當然也就更是簡單不過了。爲什麼很多文學青年總喜歡將眼光死死地盯在詩歌、小說上？道理也就在這裡。顯然，如此輕視散文，這對散文創作的發展與繁榮以及散文鑑賞與評論自然很不利。

不論怎麼說，人們對散文的需要是無可懷疑的。它不僅僅是少數散文家的事業，同時也屬於從事一切職業的人們。從創作的角度而言，散文歷來被人們視爲文學寶塔的「根基」，繪畫藝術的「木炭習作」，從而也進一步證明了散文文體的重要，何況散文還不只是「根基」或「木炭習作」呢！

現代鑑賞美學告訴我們，一篇或一部優秀作品的問世，還得借助於那些優秀的鑑賞者才能產生效應；同時，鑑賞者的審美欲望再反饋到創作上去，便可成爲創作不斷發展的巨大槓桿。

散文既無詩歌的音樂節奏，也無小說的故事情節，更無戲劇激烈的性格衝突。總之，從形式到內容，散文的確好像是顯得太平常了一點。然而，人們忘情地讀詩，讀小說，看戲劇……也一樣忘情地鑑賞散文！

散文的魅力究竟在何處呢？讀者的散文鑑賞力又從哪裡來？我們又該沿著怎樣的路徑去尋幽訪勝呢……

這是一個神奇的彼岸世界！它像一塊巨大的磁鐵一樣牢牢地吸引著我們，召喚著我們放下種種俗務與煩惱，到那神奇的世界裡去徜徉。散文鑑賞，好比就是我們從必然王國（現實世界）走向自由王國（藝術世界）的一座彩橋。它令我們真誠！令我們寬廣！令我們澄潔——人們在這裡都將經受一切神聖的洗禮——散文的世界，是一個豐富、絢爛而自由的美之所在。

人，爲什麼需要鑑賞散文？我想從上面的闡述裡多少會有所領悟，然而真正要說清它又是何等的模糊，總不可能像描述數學方程式那樣有一個具體明確的把握。但不論怎樣，一個種類文學的存在，總是因其讀者羣的存在而存在，它不可能因少數人的意志而轉移。

達·芬奇在他的《筆記》裡說：「欣賞——這就是爲著一件事物本身而愛好它，不爲旁的理由。」這個解釋似乎太簡單了一些，但仔細一想，確又是千真萬確的真理。人們之所以要鑑賞散文，關鍵也在於這作品本身具有一種可以鑑賞或令人愛好的「客觀性」。所謂「客觀性」，主要是指作品是否爲讀者提供了一個完美的、自由的藝術想像的世界。鑑賞一篇傑出的散文，我們都會有這樣的體驗，好像自己完全是沈浸在一片富麗堂皇的霞光裡，自己與作者之間是如此的相通，達到一種在現實世界裡從未有過的美妙的和諧，開啓了個人平素緊閉的心扉，自我的被壓抑力量便會得到昇華。這種享受，應當是滋味無窮的，也應當是人們爲什麼要鑑賞散文和鑑賞其他藝術的真正的奧祕。

英國著名文藝批評家赫斯列特說：「經常研究詩和文藝創作是基礎扎實的教育的一個重要組成部分。欣賞文藝的能力在完成一個有教養的人的性格方面是必要的。」這是從作品本身的教育功能而言的，它雖然也同屬於文學作品可以鑑賞的「客觀性」的一個方面，並與另外兩種功能

——認識作用和美感作用構成了文學作品的三大社會功能，這是長期以來人們的傳統看法。但實際上，文學的種種功能都是以美感爲中心的動力系統，都是統一在審美鑑賞的領域，通過情感的中介實現的。所以，一篇散文，如果首先不能給我們以美的薰陶，鑑賞者與創作者之間達不到一種高度的和諧，那麼鑑賞者對它的種種社會功能就將產生一種抗拒之情，文學接受就不可能完成。

作爲一位優秀的散文家，無論是他的思想，還是在他的散文技巧方面都是一定歷史時期高水平的體現。要想成爲一位高明的散文鑑賞家，相應地就得將自己的世界觀和散文藝術的修養提到至少是接近他們的程度。否則，即使是一篇完美的散文精品置於你的眼前，也可能是難以鑑賞或完全難以接受的。

比較而言，鑑賞一篇散文比鑑賞一首詩或一部戲劇要容易得多。或許人們根本没有意識到，難道鑑賞散文還有什麼學問？儘管散文看起來既不神祕，也不深奥；儘管人們和散文的關係要更廣泛、更密切，但要真正鑑賞好散文仍不容易的。這是因爲，散文「只是將作者的思索體驗的世界，只暗示於細心的注意深微的讀者們。裝著隨便的塗鴉模樣，其實卻是用了雕心刻骨的苦心的文章」。（日本：廚川白村《出了象牙之塔·Essay與新聞雜誌》，見佘樹森《散文創作藝術》第二頁，北京大學出版社，一九八六年八月版）

的確，散文這門看似輕鬆卻艱辛的藝術，往往被人們忽視。一般人鑑賞散文，通常只圖懂得一個大概的意思，以爲這就是在鑑賞散文了，因而難以對作品進行深入的感受，結果往往是猶如隔牆觀景一樣，難免理解模糊，判斷不準。鑒於此，本書旨在幫助讀者能夠系統地了解一下散文鑑賞的本質、特點與方法，企圖引導讀者特別是青年讀者進入這個藝術寶庫中去探寶。我們以爲，這樣做多少對大家會有所作用。這正如休謨所說：「許多人如果只依靠自己，美感就非常薄弱模糊；但一經人指出，不管是怎樣的神來之筆，他們也都能欣賞。」（《論趣味的標準》，見《古典文藝理論譯叢》第五集，第十三頁。人民文學出版社一九六三年版）毫無疑問，有修養的讀者，他的藝術感覺力和鑑賞力都較强，比缺乏修養的讀者較容易探尋到散文藝術的奧妙所在。

描述散文鑑賞的方法與途徑，並闡釋散文鑑賞的原委，這幾乎是一件近於危險的事情；因爲散文鑑賞包括一切文學鑑賞都不可能有什麼框框去套的，在多數情況下是「各以其情而自得」（王夫之語）。那些出衆的散文鑑賞家，既是能夠敏銳地發現通往作家深層心理的幽祕殿堂的人，又是敢於充分調動自我情感的動力作用，敞開自我之靈魂，並在與作家情感的往復交流中充分實現自我本質的人。

正因爲此，本書所描述的，筆者也從未奢望過一定要使它成爲什麼放之四海而皆準的方式方法，不過是想以此爲讀者提供一個思考問題的途徑，或者是想爲讀者提供一片打開散文藝術寶庫的鑰匙，而且這片鑰匙還只是一個毛坯，尚需要我們自己去打磨、拋光！

讀者朋友，讓我們一同出發，到散文這個風光旖旎的文學林苑裡去領略那無限的風采吧！

上編

散文鑑賞的文體知識

無論是創作或鑑賞一類型的作品，首先要學會辨體。因為辨體的目的，是使讀者從理論上更自覺、更清楚地把握某一種類文體的特性，從遵循其自身的審美規律去進行創作與鑑賞。

而本篇的目的在於通過以下四方面來探討辨體的問題：一是散文概念的古今流變。為所謂的「散文」下定義，以區別其與詩歌、小說、戲劇的不同，並與現代散文相似的地方。二是散文的家族。藉著了解散文的發展過程，細分出其中細微的不同處。三是在比較中看散文。散文和詩、小說、論文比較後，散文的獨特性會更加突顯出來。四是我國散文。我國的文學是從散文與詩歌起步的，至今也有四千年的歷史，在這個漫長的歷史發展過程，與外國散文比較，究竟哪些是中國散文的特質？或是我們民族獨特的審美觀？

第一章　辨體

不論是創作或鑑賞哪一類型的作品，先得學會辨體。所謂辨體，即辨別文章的體式。辨體的目的，是能使自己從理論上更自覺、更清楚地把握某一種類文體的特性，從而遵循其自身的審美規律去進行創作與鑑賞。所以，劉勰在《文心雕龍・知音》篇裡說：「將閱文情，先標六觀：一觀位體，二觀置辭，三觀通變，四觀奇正，五觀事義，六觀宮商。斯術既形，則優劣見矣。」劉氏把「觀位體」（即指對體式的審視）作爲文學鑑賞的首要步驟，這當是很有見地的。

本章擬從四個方面對散文文體的流變、類別、特徵與我國散文的審美傳統略做探討。

一、散文概念的古今流變

散文這種文體在我國至少也有二千多年的歷史了，但說來也怪，今天要我們判斷一篇作品是不是散文，卻仍然是一件很費腦筋的事兒。比如同是一篇作品，或云通訊，或云雜文，或云小說，或云散文，這種衆說不一的情形看來並不少見。爲什麼呢？我想其種種論爭當都是源於人們對於「散文」這個概念的理解上。

與小說、詩歌、戲劇相比，散文可以說是一種最不確定的文體，對散文概念的理解不僅古今不一，而且中外有別。

在我國古代，先秦時期雖然也出現了類似於所謂散文的某些雛形，但並未有散文這個詞，當時僅有「文」或「文學」的概念。如《論語·先進》：「文學：子游、子夏。」《論語·學而》：「行有餘力，則以學文。」不過，這裡的「文」、「文學」還不是指我們現在的文學作品，而是對一切文化典籍的統稱。另外，這時還出現了「文章」的概念，《莊子·胠篋》云：「滅文章，散五采，膠離朱（離朱爲人名）之目，而天下始人含其明矣。」這裡的「文章」，又僅限於錯雜的色彩與花紋。大約到兩漢時期，崇尚駢儷的辭賦盛行，「文章」才指這一類具有文采的包括現在所謂散文在內的作品，從原來對一切文化典籍的統稱「文」、「文學」中分化出來。所以，人們當時即把那些擅長寫作辭賦的人稱作「文章家」，這是值得我們注意的關於文學分類的第一個動向。

直至南北朝時期，對所有文化典籍的「二分法」才有了明確的記載，即劉勰所提到的「今之常言，『有文有筆』，以爲無韻者筆也，有韻者文也」（《文心雕龍·總術》的「文筆說」）。「文」是指具有鮮明節奏韻律的詩、騷、樂府、賦等；「筆」是指韻文以外的一切記敍性和議論性的文章，其中既包括諸子散文在內的文學性文章，也包括沒有文學性的詔誥、奏議之類的實用文。現代「散文」的含義看來也包含在「筆」裡頭；「文章」一詞此時雖然還在應用，但仍然很籠統。實際上當時無論「文」「筆」都講究駢儷對偶，文學與非文學顯然是混雜不清的。

唐代以韓愈、柳宗元爲首倡導「古文運動」，主張恢復先秦兩漢的文章傳統，寫作具有散行不羈、樸素充實的「古文」，反對六朝以來的駢儷浮華之風，於是又開始了時起時伏的駢散之爭，爲後來「散文」一詞的出現奠定了新的基礎。

比較早地從文體分類角度使用「散文」這個概念，當見於宋代羅大經《鶴林玉露》，書中引楊東山論文云：「山谷（黃庭堅）詩騷妙天下，而散文頗覺瑣碎局促」；又引周益公「四六（指駢文）特拘對耳，其立意措詞貴渾融有味，與散文同」一語。此後，「散文」的名稱才開始盛行於世。由此可以推見，「散文」一詞的出現與駢文密切相關，因爲在沒有駢文以前只有「文」、「文學」、「文章」、「古文」等概念，自駢文興起，始有「駢」、「散」兩體。散文之所以稱「散」，它的最早含義當指散行不拘，不受節奏和音韻的限制，並以此區別於駢文。

看來，古代之所謂「散文」是依據以音韻爲標準的「二分法」（即駢文與散文或韻文與非韻文），並不是從文學方面而言的，是把一切文學與非文學的散體文章都稱作「散文」。正因爲古代沒有產生文學性「散文」的概念，所以也便沒有專門的散文分類，從南北朝劉勰的《文心雕龍》到清代姚鼐的《古文辭類纂》，都只有廣義的文章分類，文學散文混雜在非文學之中。

散文作爲與詩歌、小說、戲劇分庭抗禮之一種的文學樣式，則是萌發於宋元，定形於「五四」時期，是在西方文化的直接影響下逐步形成的。當時，被介紹到我國的類似於散文的概念有兩個詞，即「Prose」和「Essay」。「Prose」是相對於韻文而言的，包括小說、戲劇、散文詩等，是廣義的文學散文。「Essay」的含義比「Prose」要狹窄得多，中文可譯爲「小品文」或「隨筆」。關於這類散文的美學性質，日本的廚川白村曾作過這樣的描述：

如果是冬天，便坐在暖爐旁邊的安樂椅子上，倘在夏天，則披浴衣、啜苦茗，隨隨便便和好友任心閒話，將這些話照樣地移在紙上的東西，就是Essay。興之所至，也說些不至於頭痛為度的道理罷。也有冷嘲，也有警句罷。既有humor（滑稽），也有Pathos（感憤）。所談的題目，天下國家的大事不待言，還有市井的瑣事，書籍的批評，相識者的消息，以及自己的過去的追懷，想到什麼就縱談什麼，而托於即興之筆者，是這一類的文章。（廚川白村：《出了象牙之塔．Essay》，轉引自佘樹森《散文創作藝術》第八頁，北京大學出版社一九八六年八月版）

很清楚，這類散文與我國現代散文有很多相似之處，都屬於狹義的散文，也可稱之爲「散文中的散文」。同時從上面的比較也可看出，西方對散文的理解也並不一致。

我國現代散文受西方「Essay」的影響最大，以至「五四」時期曾普遍地使用「小品文」這個概念。但又由於「小品文」這個概念較「散文」更爲生疏、更爲模糊，因此人們後來還是習慣於使用「散文」這個概念。郁達夫一九三五年四月曾撰文說：現代散文，「我們還是把它當作外國字Prose的譯語，用以與韻文對立的，較爲簡單，較爲適當。」「所以我們的散文，只能約略的說，是Prose的譯名，和Essay有些相像，係除小說、戲劇之外的一種文體，至於要想以一語來道破內容，或以一個名字來說盡特點，卻是萬萬辦不到的事情。」（《中國新文學大系·散文二集導言》，見《中國現代文論選》第五五六頁，貴州人民出版社一九八二年八月版）

綜上所述，散文作爲一種文學樣式，其發展歷史當然源遠流長，但散文這個詞卻晚至宋代才出現，而且我們現在之所謂散文則更是「五四」以後的事情，與古代的散文概念有了很大不同。換言之，我們說的散文至少有這樣三點限定：

⑴是一種不受音韻形式束縛的散體文章；

⑵是一種與詩歌、小說、戲劇並列的文學樣式；

⑶是一種不包括新聞文學、歷史文學和科普文學等文學樣式的狹義的散文。

根據上面的這個限定，那麼狹義散文的涵義或定義就清楚了，即散文是不受音韻的束縛，運用第一人稱「我」來敘寫作者的主觀情感，並以真人真事爲主要內容，表現手法靈活、形式優美精悍的一種與詩歌、小說和戲劇並列的文學樣式。與古義的散文相比，「散」字的特殊意義——

不拘音韻句式束縛的散行散放——已退居到非常次要的地位了。

二、散文的家族

散文在幾種文學品類中是一個十分興旺龐大的家族。陳必祥的《古代散文文體概念》曾把散文的家族作過這樣的分門別類：

古代散文——記敘性散文：敘事、傳記、遊記、筆記等；
——說理性散文：論、辨、議、碑、原、說、雜文等；
——實用性散文：書信、序跋、贈序、公牘、碑志、哀祭、箴銘等。

實際上，這還只是一個簡括的分列，其中還可分出許多細小的血系。如傳記類以下，還可分爲自傳、家傳、外傳、小傳等；碑志類以下又可分爲紀功碑、廟碑、墓碑等。由此可見出古代散文家族的一斑。

由於古代很多散文品類至今已退出歷史舞台，同時隨著社會的演進又湧現了很多新的散文品類，因而現代散文的家族從廣義上講仍然顯得非常發達。

我們知道，在我國現代早期的文學分類裡曾經流行「四分法」（即把所有文學分成詩歌、散文、小說和戲劇四類），實質上是把除了詩歌、小說和戲劇之外的一切文學作品或略帶文學性質的作品都劃歸於散文的家族。這樣，散文家族所擁有的成員就多得很難統計了。諸如雜文、隨筆、小品、書牘、日記、速寫、素描、風俗志、散文詩、通訊、特寫、報告文學、回憶錄、人物傳記和人物專訪等等都得統歸於散文家族的管轄。同樣，其中也可分化出許多新的子孫。如小品又有記敍小品、抒情小品和說理小品等；風俗記又有景物記、地理記、文物記等，不一而足。

後來，隨著我國文學事業和新聞事業的發展，好些體裁又逐步顯示出了明顯的獨立性，它們再繼續統轄在散文這個大家庭裡已經不那麼適宜了。這樣，六〇年代以後，許多人把日臻成熟的回憶錄和人物傳記、科普文學等從散文裡分離了出來。所以，現代早期的散文可稱爲廣義的散文，後期的散文也即我們今天所說的散文是指狹義的散文。

關於狹義散文的家族，其血系分支相對來說就顯得不那麼龐雜不清了。通常而言，人們把狹義散文的家族又劃出三條分脈：

散文—記敘散文
散文—抒情散文
散文—議論散文

以上這個劃分，是根據語言表達方式的不同來區別的，或側重在記敍，或側重在抒情，或側重在議論（理趣、悟性）。而且，每一個小的種類也都是很單純的，不像古代散文或現代早期散文那樣包羅萬象。

當然，不論是哪一類散文，從根本上都得歸情所有，這是今天的人們對散文基本美學特徵的一個明確把握。記敍散文和議論散文如果忘記了一個「情」字，只在那裡不動聲色地平鋪直敍，或一味陷入理性的思辨與議論之中，那麼其作品就會從散文的家族中開除出來，只能稱之爲一般記敍文和議論文了。所以，像古代的筆記、論說、辨議等，很多都只能徘徊在散文的大門之外。

我們現在之所謂散文，是一種主情的文學，離開了抒情就不能成其爲散文。情，是造就散文的魔方。郁達夫在談到散文創作時曾說：「第一要尋這『散文的心』。」（《中國新文學大系・散文二集導言》，見《中國現代文論選》第五五七頁）什麼是散文的「心」呢？我想也就是作者的心靈情志吧！世界上的萬事萬物，一旦經過作者的心靈情志的浸潤，就會變得有聲有色、楚楚動人，或嫵媚，或溫馨，或雄渾，或激越……。總之，一切美的或不美的，都有待這根情感之弦的撥動。

正因爲如此，作爲今天散文家族中的這三姊妹，它們之間也就沒有不可逾越的界限，它們的區分，僅僅在於表達目的和側重點不同而已。況且，在實際的散文鑑賞中，要判斷它到底屬於哪一類散文還會經常叫人模糊不清、搔首躊躇，其區別往往是很微妙的。不過，這究竟無傷大雅。

三、在比較中看散文

讀者諸君，如果你有興趣不妨做這樣一件事情，你可以隨便找來幾本談散文創作的書，查一查作者爲散文所下的定義，我可以斷言他們的說法都是極不統一的。那麼，這一事實又能說明什麼問題呢？至少它告訴我們散文本質特徵的極不易把握。散文常常將其他文體樣式的特點吸收過來，融化在自己博大的身軀裡。散文在表現方式上的這種開放性和包舉性決定了散文的游離性，使散文文體變成了一種十分自由靈活的藝術。正如何谷天在《小品文對於我》一文裡所講的：

> 它可以詩似地抒情，也可以小說似地速寫某一社會或自然的一角，又可以論文似地然而形象地發出警闢的理論，而且還有一個特點，就是可以曲可以直地天空海闊地漫談。它把文藝中各部門和理論文都包進一部分，然而，卻能保持著它獨特的性格。那鋒利地集中在一起表現出來的事物，給予讀者的不是枯燥的字的堆積，而是一種藝術的感應。
>
> ——轉引自佘樹森《散文創作藝術》第六十三頁，北京大學出版社一九八六年八月版

鑒於此，我們要想正確地認識散文，探求散文獨特的個性，從散文與其他文體的比較中來審

察，就應當說是一條有效的途徑。

•散文與詩的比較：

散文與詩有著最爲密切的血緣關係，準確地說，是散文襲用了詩的很多擅長。俄國柯羅連科的名作《火光》是我們都熟悉的，它是一篇散文，但它又是一篇絕妙的不分行的詩歌。因爲它已具備了詩歌最基本的要素——詩情和意境。

詩情是一種充滿著美麗想像的情感。在《火光》中，作者正是以自己一次夜航的經歷和感受，獨具慧眼地寫出作者對遠處閃爍迷離的「火光」的追求和渴望，並以此推而廣之，鼓勵我們在人生的長河中須得努力奮進才行。這不是詩情又是什麼呢？品賞這類佳作，就如同我們置身於夏日黃昏的荷塘周圍，一邊漫步，一邊時有輕風拂來，有時還伴隨著荷花的縷縷幽香，是令人玩味不盡的。

意境，在詩歌裡是詩情與詩的形象的統一體，是抽象與具體的有機媾合，而且常能給人以身入畫境之感。我們不妨再欣賞一下《火光》中的這個片斷：

> 很久以前，在一個漆黑的秋天的夜晚，我泛舟在西伯利亞一條陰森森的河上。船到一個轉彎處，只見前面黑魆魆的山峯下面，一星火光驀地一閃。火光又明又亮，好像就在眼前……。

「好啦，謝天謝地！」我高興地說，「馬上就到過夜的地方啦！」
船夫扭頭朝身後的火光望了一眼，又不以為然地划起槳來。
「遠著呢！」
我不相信他的話，因為火光衝破朦朧的夜色，明明在那兒閃爍，不過船夫是對的：事實上，火光的確還遠著呢！……

夜航本是極其平凡普通的，但在作者的筆下卻點染得那麼詩意葱籠，畫意盎然，造成令人神往的深邃的意境。

然而，詩情和意境在散文裡不論表現得如何强烈和美好，散文畢竟還是散文。詩情在詩中是跳動豐富的，但在散文裡則是平穩單純的；意境在詩中往往顯得空靈飄忽，但在散文裡往往則顯得徵實具體。當然，有些好的散文也講音樂節奏，也講含蓄凝重，但與詩的區別還是比較明顯。

• 散文與小說的比較：

構成小說的基本要素是人物、情節和環境，但所有這些在散文裡也同樣可以出現，那麼應該如何分辨二者之間的差別呢？就這三要素而言，小說寫人是爲了再現典型化的人物，往往是多側面的精雕細刻，並以此達到深刻地反映社會生活的目的；而散文寫人是爲了抒發作者的主觀情感，往往是取其一點而渲染之，人物形象是否完整倒是次要的。當然，一些優秀散文中的人物也有堪稱典型的，如魯迅《范愛農》中的范愛農，法國蔡特金《一次黨的會議》中的列寧等，但這畢竟不是散文文體的要求，只是作者的「超額完成」。更重要的是，散文寫人從來不從完整的情節之中來再現人物的性格，它們塑造人物的手段並不一樣。

情節即故事。按照傳統小說的要求，故事必須完整，要有開端、發展、高潮和結局；散文有時也可以寫一點故事，但一般都是片斷而不完整的，也談不上什麼高潮，常常是按照作者的立意去截取。

環境在小說裡是不可缺少的，它的主要任務是爲烘托人物服務，但它在散文裡可以寫也可以不寫。因爲散文不擔負有塑造人物的任務，有時寫一點往往則是爲了加强作者的主觀抒情色彩。況且，有些寫景散文，寫環境即在於借景抒情，旁無他求。

不管是寫人物、寫情節，還是寫環境，總之散文要比小說鬆動得多，靈活得多，這是散文始終無法爲小說取代的特點。小說一旦也像散文一樣靈活鬆動起來，那將成爲什麼樣子呢？一棵小草、一片霜葉、一彎新月，散文都能收納進來並構成作品的主要內容，這在小說簡直是難以比項的。

• **散文與戲劇的比較：**

散文與戲劇在形式上的區別是顯而易見的，但在內容上也頗有相近之處。和小說一樣，戲劇也要求寫人、寫故事；有些短小的戲劇小品，實際上也就是一篇小說或散文的內容。不過，戲劇到底受到自身特別是舞台的限制，與散文在內容上的要求並不相同。戲劇必須有集中的矛盾衝突，要求具有戲劇懸念，並要壓縮在較短的時間和較少的場面來表現；散文雖然也借鑑戲劇內容的凝煉性，以及在材料截取上的某些技巧，但散文不受時間的限制，也不必像戲劇那樣集中反映矛盾衝突，追求戲劇懸念，否則還會破壞散文的自身美感。把小說改成戲劇的例子很多，把散文改成戲劇而又獲得成功的例子似乎還未曾得見。這也就說明了散文與戲劇在內容上的差別。

• 散文與論文的比較：

記敍散文、抒情散文與論文的區別這裡就不用多說了，主要是議論散文與論文容易被人混淆，即都要對讀者闡明某個觀點，都是以議論爲主要表現手段的。但仔細比較，它們之間仍有極大的不同。我們在前面已說過，散文須以情爲根本，議論散文與記敍散文、抒情散文一樣，都必須有强烈的情感融注其中，也就是不僅以理服人，更重要的還要以情感人。而論文則重在客觀的邏輯推理，强調以理服人，作者主觀的情感倒是隱蔽起來了，在論文中到底不能感情用事。

通過上面的比較，我們對散文美學特徵的把握應當清楚了：散文强調以情動人，並以此與一般論文劃清界線；詩歌雖然也屬言情的藝術，但與散文在詩情表現與意境創作上卻有明顯不同；散文表現手法的自由靈活以及選材上的真人真事，這些更是小說與戲劇所遠遠不及的。

談及散文的美學特徵，還有一點需要特別提出，即二十世紀六〇年代初期以來，一直流行著一個觀點——「形散神不散」（或稱「形散神聚」）。誠然，它確實也很好地概括了諸如豐子愷的《夢痕》、秦牧的《土地》、尤多拉·韋爾蒂（美）的《小店》一類散文的構思和選材特點；不過，如果把它作爲各類散文的普遍原則，我以爲顯然不妥當。像柳宗元的《小石潭記》、朱自清的《背影》、德富蘆花（日）的《蘆花》等，或寫一景，或敍一事，或詠一物，又談何「形散神不散」呢？

四、我國散文的審美傳統

我國的文學也是從散文與詩歌起步的，至今已有近四千年的歷史。如果從散文的廣義來理解，那麼我國散文的出現還要先於詩歌。儘管我國遠古時期的「甲骨卜辭」、《尚書》等還不能看作真正的散文，但的確已包含了明顯的文學因素。馮其庸先生認爲：「比較可信的最早的散文，是《商書》的《盤庚》篇。」「這是商代的統治者曉喻他的臣民的一篇文告。」其間大都是運用當時的口語，還有不少生動的比喻，如「予若觀火」、「若網在綱，有條不紊」、「若火之燎於原」等。這些比喻，「有的至今還活在我們的口頭或書面語言裡」。（見《歷代文選·前言》，中國青年出版社一九六二年版第一～二頁）由此看出，我國散文的確是源遠流長。

我國散文，在其漫長的歷史發展過程中，與外國散文比較，究竟有哪些中國散文的特質？或我們本民族的審美追求？爲了繼承這些好的審美傳統，細心提取其豐厚的藝術養料，更好地鑑賞散文之美，我們有必要對上面的問題有一個較爲明確的認識。

我國古代、近代和現代散文，雖然其審美追求的重點和程度並不完全一致，但的確是存在著一些共同的趣味傾向的。這種傾向或傳統主要表現在尊用、明道、崇眞、主情、重象和尚氣六個方面。

(一)尊用

散文的尊用觀，是指人們對散文作品社會功用的尊崇與看重的觀點，這是我國散文傳統審美觀之一。歷史上曾有「經世致用」、「匡世濟時」、「輔時及物」、「有補於世」種種說法，這些都可以歸結到尊用觀上來。

當然，凡文都不應是「爲藝術而藝術」，世界上所有門類的文藝作品都是爲一定的目的而創作，爲人類的自身生存、發展服務的，古今中外概莫能外。但比較而言，我國散文的尊用自從散文的誕生之初就表現出來了，並具有鮮明獨特的實用色彩。《漢書·藝文志》稱：「古之王者，世有史官，君舉必書，所以愼言行，昭法式也。左史記言，右史記事。事爲《春秋》，言爲《尚書》。」這是關於「記言」「記事」的記載，實際上也是指廣義上的散文，它是爲當時的氏族部落首領或君王所專有，其實用的目的十分明顯。所以，郭預衡先生則進一步指出，從中國最早的散文——殷商時代的「甲骨卜辭」來看，「就是從巫卜記事開始的。」「殷人非常迷信鬼神，每做一件事都要占卜。這時的記事文字，主要是記錄卜辭。」（郭預衡《中國散文史·上》第十三頁，上海古籍出版社一九八六年版）有感而發，爲記事而作，這些卜辭顯然是實用型的極樸拙的遠古散文。

我國早期散文的這一尊用特質自然要影響到散文往後的發展，而且隨著社會生活的日益豐富，散文記言、記事的社會功用也愈加增强，並形成了一條明晰的審美線索。至漢魏六朝，論述散文致用的觀點便正式提了出來。東漢王充在其《自紀篇》中說，文章「爲世用者，百篇無害，不爲世用者，一章無補。」即明確提出了散文要「有補於世」的尊用主張。到後來，劉勰的《文心雕龍·序志》也上承傳統，認爲「唯文章之用，實經典枝條；五禮資之以成，六典因之致用，君臣所以炳煥，軍國所以昭明」。再往後的各個時代，基本上都是反覆强調先秦兩漢六朝文家的尊用傳統觀點，雖然具體口號不盡相同，但尊用的主要精神是一致的。

如果再具體分析一下我國散文尊用的主要內容，則又表現出了以下兩點特色：

一是以「善」爲散文之大用。我們知道，一切文學作品都要講究真、善、美的統一，但從東西方的審美傳統來看，西方好像偏重在美與真的結合，我國則更爲注意美與善的統一，而且又以善爲最先。譬如我們僅從造字的角度來分析「美」，就不難發現「美」是從屬於「善」的。許慎《說文解字》云：「美，甘也，从羊从大。羊在六畜主給膳也。美與善同意。」在許慎看來，美與善同義，美的含義包含在善之中。事實上，這種美善相兼的思想早在孔子那裡就已有明確體現。

在《論語・八佾》中有這樣幾句記載：「子謂《韶》，盡美矣，又盡善也。謂《武》，盡美矣，未盡善也。」據鄭玄注，《韶》是頌舜的樂曲，舜以堯的禪讓而得天下，並以文德致太平，故孔子稱讚《韶》美，骨子裡頭就是推崇舜之德政。而《武》則是歌頌周武王以武功平天下的樂章，其曲雖美，但內容上不符合孔子主張的仁政，故《武》是美而不善。這就是說，文藝作品既要講美更要講善，而且善是放在第一位的。我國散文美學中的尊用傳統，實際上也就是這種美善相兼、以善爲先思想的反映。

二是强調散文的教化作用。如前所述，我國散文發端於實用，起初是直接用之於占卜或史官的記言記事的，散文的這一實用性質到後來則上升到教化功能，政治教化成了散文的最大實用。甚至有人認爲散文應「以立意爲本，不以解文爲宗」（蕭統：《文選・序》），把散文看成是「不朽之盛事，經國之大業」（曹丕：《典論・論文》）。散文的政治教化作用已成了壓倒一切的審美標準，對散文的藝術美則降到了次要的位置，這倒是值得我們注意的另一問題了。

(二)明道

「文以明道」，幾千年來這幾乎是被人們極爲推崇的又一傳統審美觀，在我國散文發展史上產生了極其深遠的影響。不過，對「文以明道」中的「道」的含義，則是我國古人長期爭論的一個問題。概而言之，主要有兩種觀點：其一是以劉勰爲代表的「自然之道」的觀點。他認爲文章是自然之物，就像龍鳳虎豹、雲霞草木一樣自有其美，並不是什麼別的力量「外飾」上去的。所謂明道，也就是要明自然之道（參見劉勰：《文心雕龍．原道》）。其二是以孔子、荀子爲代表的「儒家之道」。早在《中庸》一書中，就有「道之不明也，我知之矣」的話，這裡的「道」是指孔子極爲推崇的以仁愛治天下的政治理想。「文以明道」，就是要用文章來宣傳儒家之道，這也是在中國文壇一直居統治地位的文藝思想。

無論從哪個角度來理解「道」，强調「道」，我們以爲都有其積極的一面，也有其消極的一面。劉勰主張文章寫作應是人類自身生活的必然產物，是人類發展內在規律的自然體現，這無疑是正確的唯物主義的觀點，而且給後人以很大啓發。不過，劉勰把文章寫作與自然界無意識的現象混同，這又陷入了自然主義的泥坑。清代的章學誠糾正了劉勰關於「道」的偏頗。他在《原道》中說：「道者，萬事萬物之所以然，而非萬事萬物之當然也。」在《文史通義．說林》中，他還說：「觀於孩提嘔啞，有聲無言，形揣意求，而知文章著述之最初也。」章學誠認爲，文章是隨著人的變化而自然產生的，是人類社會實踐的必然結果，從而更準確地闡明了文章產生的本原。

一般而言，我國古代散文美學中的「明道」，則是多從明儒家之道的角度來要求的。如何評價這一主張，當然還得從儒家之道本身談起。我們知道，儒學是以「文雅」爲風貌，以「仁愛」爲靈魂，它在維護社會的穩定，培養良好的仁德精神等方面是值得肯定的。但是，儒學將社會階級關係「血親化」，將「人倫」關係植入政治統治中，則又給社會留下了許多弊病。所以，這裡說的「明道」就要做具體分析了。

同時，過去講「明道」，還往往將「道」與「文」割裂開來，一味强調「道」的作用，這與片面追求尊用所帶來的不良後果是一樣的。客觀地説，「明道」並没有錯，問題是我們需要什麼樣的「道」？又怎樣來「明道」？從散文創作的角度而言，作者應該站在一定時代的前列，在散文中寄寓自己的理想，旗幟鮮明地表明自己的思想傾向。一切優秀的散文不僅有「道」，而且都有正確的「道」，先進的「道」。但是，我們又不能把散文寫成是政治教科書，應將健康的思想內容與完美的藝術形式巧妙地結合在一起，重「道」亦須重「文」。清人魏禧在《甘健齋軸園稿序》中説：「文以明道，而繁、簡、華、質、洪、纖、夷、險、約、肆之故，則必有其所以然。……文不如是，不可以明道。」這裡所强調的正是要「文」「道」兼顧，好的形式可以使內容得以充分的表現，增强文章的感染力，因而我們就要按散文藝術「必有其所以然」的規律進行寫作，否則便不能很好地「明道」。

明道，必須要通過好的藝術形式來表現；重文，其終極目的又是爲了明道。在「文」與「道」的關係上，過分强調某一方面都是不對的。歷史上只講「明道」而阻礙散文健康發展的事例已不勝枚舉。相反，過於追求藝術形式的美也就會失去散文的社會審美功能，同樣不可取。

㈢崇眞

崇真，是我國散文的另一審美傳統，這與我國早期散文源於史官的記言記事有關。因為我國散文從一開始就是屬於應用型的，而且當時並沒有獨立的文學觀念。「文學」一詞指的是整個學術文化。《論語・先進》述及孔門四科，其中提到：「文學：子游、子夏。」這是說子游、子夏承傳了孔子文化典籍方面的成果，並非專指文學創作。直到兩漢時期，隨著辭賦盛行，文學與學術方始分化。所以，我國先秦的古典散文，都是文史哲不分的，也無所謂文學的虛構，基本上都是歷史散文。這些散文，都是直接用之於人類的生存發展的，社會的功用性很强，而尊用首先又必須得崇真。

從先秦的《國語》、《國策》、《左傳》等可以看出，這些散文都是當時生活的完全真實的記錄。特別是在我國散文發展中占有一席重要地位的司馬遷的《史記》，更是為史學家班固譽為「實錄」的典範（參見班固：《漢書・司馬遷傳贊》）。史官寫歷史，要敢於反映真實情況，這是歷史寫作的一條基本美學原則。比如在《左傳・宣公二年》中，即載有晉國史官堅持書趙盾弒君事，並錄孔子語：「董狐，古之良史也，書法不隱。」這種良史的「實錄」精神，往後就一直作為我國散文的一大審美傳統繼承了下來。

需要特別指出的是，我國散文從先秦的雜文學體制中逐漸分化出來以後，散文便納入了文學的範疇，與詩歌、小說、戲劇構成了文學的四大體裁。然而，散文卻始終以嚴格地寫真實（並非藝術的真實，而是生活的真實）區別於其他文學體裁。漢代王充就以「疾虛妄」、「求實誠」作爲《論衡》一書的中心思想，大力提倡「銓輕重之言，立真僞之平」，「極筆墨之力，定善惡之實」（《論衡．佚文》），爲古代文論中的求實傳統奠定了基礎。三國時又有曹丕提出「銘誄尚實」（《典論．論文》）；晉代左思論賦反對「虛而無徵」，主張「美物者，貴依其本；贊事者，宜本其實」（《三都賦序》）；南朝劉勰則指責「采濫忽真」的流行文風，把「事信而不誕」作爲評論散文的重要準則（參見《文心雕龍》中的《情采》、《宗經》諸篇）；宋代的歐陽修更是明確指出：「事信言文，乃能見於後世。」（引自李光連：《散文技巧》第七〇頁，中國青年出版社一九九二年版）如此等等，有關散文寫真的論述可謂一脈相承，基本上沒有什麼異議。

我國散文崇真的審美傳統，不僅在理論上有一致的認識，而且在散文寫作實踐上也是基本上遵循這一美學標準。譬如柳宗元，他在散文《段太尉逸事狀》中這樣自述寫作經過：「嘗出入岐、周、邠、斄間，過真定，北上馬嶺，歷亭障堡戍」，不僅向有關的知情人做了深入的調查訪問，而且又從刺史崔能處「備得太尉逸事，復校無疑」才執筆成篇。又如方苞寫《獄中雜記》，其崇真的態度也很鮮明。他先聽了洪洞縣令杜某的介紹而生感慨，進而調查核實，故他在該文中說：「余感焉，以杜君言泛訊之，衆言同，於是乎書。」像這樣的事例，這裡也用不著多舉。

不論怎麼說，崇真作爲我國散文的美好傳統是應該予以肯定的。不過，在現當代也有人對散文的這一崇真傳統提出質疑，甚至主張散文也可以像小說那樣虛構。我們認爲，如果散文也可以虛構的話，那實際上是丟掉了散文這一體裁，散文正是以自己嚴格的寫真而獨立於文學之林的。關於這一點，我們將在後面的有關章節中要談到。

㈣主情

我國散文主情，强調作者獨特情志的抒寫，這也是爲古今的文藝理論家們所一致肯定的。當我們遍觀那些優秀的散文，就會鮮明地感受到，它們無不飽含著作者强烈的感情，充滿著濃郁的詩意。莊子的《逍遙遊》、宋玉的《風賦》、王粲的《登樓賦》、諸葛亮的《出師表》、李密的《陳情表》、陶淵明的《歸去來兮辭並序》、江淹的《別賦》、韓愈的《祭十二郎文》、歸有光的《項脊軒志》、張岱的《西湖七月半》、龔自珍的《病梅館記》等等，莫不如此。

我國散文主情導源於詩歌的「言志說」。「言志說」在先秦的典籍裡多有記載，最早見於《尚書》，《虞書．舜典》說：「詩言志，歌詠言，聲依永，律和聲。」這裡說的「志」，可能與當時頌神祭祀的內容有關，還不一定就是指我們通常所說的作者內心情志。往後，在《周書．旅獒》中，對「志」的理解就接近於一般的說法了。「不役耳目，百度惟貞，玩人喪德，玩物喪志。志以道寧，言以道接。」將「德」與「志」並舉，並與「耳目」的物質精神享受聯繫起來，這裡的「志」當指人這一主體的道德情志。再從詩歌的寫作實踐來看，《詩經》則又開闢了我們民族文學主情的航向，因而「詩言志」自然也就被後人稱爲我國詩歌美學的「開山綱領。」（朱自清：《詩言志辨》，《朱自清古典文學論文集》第一九〇頁，上海古籍出版社一九八一年版）以後的詩歌創作，基本上是沿著這條航道向前發展的。

最早的詩歌總集《詩經》，在表現風格上儘管富於變化，但抒情言志卻是所有詩歌創作的宗旨。其實，散文又何嘗不是如此呢?關於散文的主情觀，在晉代陸機的《文賦》中已初露端倪。該文開篇云：「佇中區以玄覽，頤情志於典墳。」也就是說，寫文章不僅要多觀察生活，還要多從古籍中加强情志方面的修養。在陸機看來，寫文章是不能離開情志的。這一思想，到劉勰的《文心雕龍》就表達得非常清楚了。他在《體性》篇中說：「夫情動而言形，理發而文見，蓋沿隱而至顯，因內而符外者也。」詩以言志，文以傳情，用詞不一，含義都是相同的。雖也有人將「志」與「情」對立起來，但大多數人還是詩情統一觀。唐代孔穎達說得明白：「在己爲情，情動爲志，情、志一也。」（孔穎達：《左傳正義》）這樣，散文主情的矩矱也便逐漸地深入人心，從而構成散文美的一大特色。

如前所述，我國散文是從記言記事的歷史散文開始的。《漢書・藝文志》中所說的「左史記言，右史記事」，這雖然還沒有足夠的證據，也未必可靠，但古代的歷史散文確有記言記事之分。如《尚書》、《國語》即以記言爲主，《春秋》、《左傳》又以記事爲主。但無論是記言還是記事，所記的內容都是以政治說教和道德訓誡爲目的的，只是顯得比較平實樸拙，與「詩言志」的傳統並無二致。到六朝以後興起的抒情散文和駢文，則徹底地向抒情言志靠攏，以主情爲己任，與詩歌一樣，完全登上了注重表現主體情志這一符合藝術規律的正途。

我國散文主情性的表現十分明顯。那些以直抒胸臆、陳述懷抱爲主的散文自不待説，即使是在以記事、詠物或論説爲主的散文中也無不以抒情言志爲旨歸。或寓情於事，或托物言志，或情理交融，在一字一詞之中都傾注著作者的思想感情。特別是隨著文學表現方法的豐富，唐宋以後的議論散文更是善於將自身融入論題，做到情真意切，理實思晰，既以理服人，又以情感人。例如蘇洵的《六國論》，文章旨在論述戰國時六國對秦鬥爭的政治形勢，六國滅亡的原因和歷史教訓。但作者並不是用純客觀的理論推理與分析，而是以情遣辭，情理相兼，全篇貫穿著作者對六國破滅的惋惜與沈痛的反省之情。開篇作者即提出「六國破滅，非兵不利，戰不善，弊在賂秦」的觀點，然後通過兩段設問作答的形式進行分析，最後以「嗚呼」一詞引出作者的感嘆，總結全文，照應開頭。如此論説，一氣貫注，入情入理，顯示出了議論散文主情性的特徵。

散文的主情性，强調的是作者面對生活，從事創作的時候要充分發揮其主體意識，「以我觀物」，使作品具有獨具特色的情感美。這一審美傳統，與我們本民族的文化精神是一致的。中國的文化始終是把對生活、對社會的倫理觀照放在第一位。比如被稱作卜筮專用的古代經典《周易》，即把製作卜筮的基本符號「八卦」的目的規定爲「以通神明之德，以類萬物之情」（《周易．繫辭下》）。孔子所提出的「興觀羣怨」説更是把詩文的社會功用突顯出來了，甚至「多識於鳥獸草木之名」也是爲了「邇之事義，遠之事君」（孔子《論語·陽貨》）。所以，上面談到的言志、明道、主情等都是從詩文的社會功用出發，要求對於主體意識的高揚。這一點，與西方的文化傳統卻大異其趣。西方文學的發展是沿著亞里士多德倡導的「藝術模仿自然」的道路前行的。「模仿說」要求作者必須忠實於客觀世界的原貌，以真實地模仿自然（再觀生活）爲審美追求，而作者對生活的審美判斷則降到了非常次要的位置。所謂「藝術家不該在他的作品裡面露面，就像上帝不該在自然裡面露面一樣」（福樓拜一八七五年十二月致喬治·桑的信，見《文藝理論譯叢》第三期，人民文學出版社一九五八年版）的提法，正是西方文學，尤其是西方寫實主義文學思想的真實寫照。西方文學的這一審美傳統一直在他們的美學思想裡佔據著支配地位，至少到十九世紀都是如此。譬如別林斯基還對這一傳統做了發展性的解釋，他認爲：「藝術是現實的複製。從而，藝術的任務不是修改，不是美化生活，而是顯示生活的實際存在的樣子。」（《別林斯基論文學》第一〇六頁，新文藝出版社一九五八年版）可見，他是明確地將對生活的真實摹仿當成了藝術的第一要素。

鑒於以上中西方藝術美學的區別，所以已有不少論者把這一區別概括爲「重表現」與「重再現」的差異。我國散文的主情性，即是「重表現」這一美學傳統的確切體現。

㈤重象

一般而言，重象是指注重用意象來表達思想情感，這是我們祖先最早形成的美學觀之一。先秦所謂的「象」，原本都是「道」的物化形式。老子在《道德經》二十一章中寫道：「道之爲物，惟恍惟惚；惚兮恍兮，其中有象；恍兮惚兮，其中有物。」這裡「道」的含義與前面提到的「明道」的「道」不盡一致，老子之所謂「道」，它是哲學中萬物的本體，但「道」的觀念是高度抽象化的，如何把握它呢？在老子看來，道雖超然，卻總以恍惚的物象爲存在的形式。所以，「象」從誕生起，就是用來表達抽象的思想觀念的。

古人把「象」作爲表意的形式，最早出現在《周易．繫辭》中：「聖人有以見天下之賾，而擬諸其形容，象其物宜，是故謂之象。象也者，像也。」即是說，古人擬「象」的用意在於形容幽深抽象的自然事理。所以，該書中還說：「子曰：書不盡言，言不盡意，然則聖人之意，其不可見乎？子曰，聖人之象以盡意。」這也是說，聖人的意圖是通過形象的方式表達的。關於這幾句話，王弼在《周易例略．明象》中做過精彩的解釋：「夫象者出意者也，言者明象也。盡意莫若象，盡象莫若言，言生於象，故可尋言以觀象；象生於意，故可尋象以觀意。……象生於意而存像焉，則所存者非像也；言生於象而存言焉，則所存者非其言也。然則，忘象者，乃得其意者也；忘言者，乃得其象者也。得意在忘象，得象在忘言。」不論怎樣來看待王弼的這段話，但有幾點是比較明確的：

1.「象」是表現人的思想情感的形式——象者存意；

2.要能更好地塑造形象，非語言不可——言者明象；

3.要能更好地傳達人意，又非得借助形象不可——盡意莫若象。

這就把創作中的「意」、「象」、「言」三者的關係講清楚了。它告訴我們，作者有了「意」要表達，就得借助恰當的「象」，寓意於象中，而要把「象」顯現出來，最後又得尋求最精確的語言予以表達。在「意」——「象」——「言」這三者之中，「象」是綰合「意」與「言」的樞紐。所以，重象也就作爲我國詩文創作的審美特徵提了出來。《周易》所使用的「意」、「象」就成了後來重象觀的淵源。

把重象觀最早引入散文美學的，是晉代陸機的《文賦》，其中有云：「恆患意不稱物，文不逮意。」這裡把「物」與「意」對應起來，「物」即包含有物象之意了。再往後，劉勰的《文心雕龍·神思篇》則又第一次提出「意象」的概念：「是以陶鈞文思，貴在虛靜，疏瀹五臟，藻雪精神，積學以儲寶，酌理以富才，研閱以窮照，馴致以懌辭，然後使玄解之宰，尋聲律而定墨，獨照之匠，窺意象而運斤，此蓋馭文之首術，謀篇之大端。」從此，「意象」一詞也就代替了先秦「象」的概念，並在往後的文藝美學中被廣泛運用。

「象」也好，「意象」也好，其本質內容就是藝術形象。那麼，重象也就是重視藝術的形象思維，不能做呆板的理解。譬如說，對那些寫物、寫景的散文，其寓意於象就比較明顯。而對那些記事的散文，又是如何體現「象」的呢？請讀蘇軾的《記承天寺夜遊》：

元豐六年十月十二日，解衣欲睡，月色入戶，欣然起行。念無與為樂者，遂至承天寺，尋張懷民，懷民亦未寢，相與步於中庭。庭下如積水空明，水中藻荇交橫，蓋竹柏影也。何夜無月，何處無竹柏，但少閑人如吾兩人者耳。

對文中所涉及到的一些物象，如「月色」、「積水」、「藻荇」、「竹柏」等，我們就不能從這些物象本身去尋找寓意了，而應當從這些物象所構成的整體氛圍上去體味作者初受貶謫、閑居黃州時的那種隱隱幽怨之意。

所以說，重象就不僅僅是指重視物象，而在更多的時候則可能是指重視形象思維，應把傳統的重象觀理解得寬泛一點。不然，對有些全然無「象」的散文就更不好理解了。

散文的重象，它常給人帶來的美感是化虛爲實，使那些看不見、摸不著的東西成爲具象式的存在。所謂「山之精神寫不出，以煙霞寫之，春之精神寫不出，以草木寫之，」（劉熙載：《藝概》）就是指重象所採用的基本技巧。其次，散文的重象還能給人一種朦朧的美。如前所述，

「象」本來就是指「道」的本體的物化，恍惚中有「象」，此「象」如煙如霧，使人回味無窮。再次，散文的重象還多表現出一種畫面的美。因爲散文的「象」比較注意內部的組合與聯繫，它給人的一般不是某個物象的孤立物，而是一種有立體感的多重組合的藝術圖畫，具有整體的美感。

㈥尚氣

崇尚散文的氣勢，這是我國散文美學又一突出的審美傳統。清人方東樹《昭昧詹言》說：「氣勢之說，如所云『筆所未到氣已吞』。」劉大櫆《論文偶記》也認爲：「文章最需氣勢。」如此等等，都是散文尚氣的代表性觀點。縱觀我國古代文論，「氣」這個概念可謂用得最爲普遍，譬如上自《周易》開始，往後又有《淮南子·原道訓》、《管子》、《孟子》、劉勰《文心雕龍》、曹丕《典論·論文》、王十朋《蔡端明文集序》、劉將孫《譚西村詩文序》、黃溍《吳正傳文集序》、方孝孺《張彥輝文集序》等，直到清代劉大櫆《論文偶記》、姚鼐《答翁學士書》、魏際端《伯子論文》，無不從各個側面談到文氣。從積極方面說的就有：「生氣」、「正氣」、「和氣」、「英氣」、「精氣」、「豪氣」、「浩氣」、「逸氣」、「清氣」、「奇氣」、「異氣」、「剛氣」、「柔氣」等；從消極方面說的又有：「浮氣」、「昏氣」、「邪氣」、「虛氣」、「矜氣」、「孱氣」、「傖氣」等；從中性方面說的還有：「靜氣」、「血氣」、「元氣」、「體氣」、「景氣」等。

由此可見，尚氣觀在我國散文美學中的重要地位。

究竟如何來理解這個「氣」呢？歷來的散文美學家們說得頗爲玄妙，比較費解，但總的說來可分爲兩個大類：

一類是指自然之元氣，包括人的體氣在内的「氣」。《周易・繫辭上》說：「精氣爲物，游魂爲變。」意即萬事萬物皆由自然元氣積聚而成。《淮南子・原道訓》有云：「氣者，生之元也。」王念孫疏：「元者，本也。言氣爲生之本。」也是從這個意思上來講的。既然如此，人也是自然之物，那麼元氣便包括人的體氣了。如《管子・心術下》說：「氣者，身之充也。」《孟子・公孫丑上》也說：「氣，體之充也。」劉勰《文心雕龍》更是多處談到「氣」，一般也是從人的體氣方面說的，「《卜居》標放言之致，《漁父》寄獨往之才。故能氣往轢古，辭來切今；」（《辨騷》）又說：「枚乘之《七發》、鄒陽之《上書》，毫潤於筆，氣形於言矣。」（《才略》）

另一類是指文章之氣，是文章内容與作者的情感相融合，並借助語言形式表現出來的一種抑揚頓挫、高下合度的氣勢與氣韻。明確把「氣」與文章寫作聯繫起來的是曹丕，他在《典論・論文》中說：「文以氣爲主，氣之清濁有體，不可力强而致。」但這裡的「氣」仍還兼有體氣的意思在内。明人方孝孺在《張彥輝文集序》中評韓愈的文章說：「退之俊傑善辯說，故其文開陽闔陰，奇絕變化，震動如雷霆，淡泊如韶濩，卓矣爲一家言。」蘇軾在《文説》一文評價自己的文章也說：「吾文如萬斛泉源，不擇地而出，在平地滔滔汨汨，雖一日千里無難。」據此，後人評韓愈、蘇軾散文常用「韓潮蘇海」加以讚譽，這就是從文氣生動、富有氣勢的角度而言的了。

不論是自然之雲氣還是文章之生氣，實際上兩者緊密相關，具有必然的內在聯繫。在作者身心爲元氣，把這種元氣用語言表達出來也就是文章之生氣了。所以說，散文尚氣一般也是從這樣兩個方面來討論的：一是主張內養身心的浩然之氣，二是主張加强詞章修養。

韓愈在《答李翊書》中說：「氣，水也；言，浮物也；水大而物之浮者大小畢浮。氣之與言猶是也，氣盛則言之短長與聲之高下者皆宜。」他在這裡用水與浮物的比喻，即把作者的身心元氣與語言表達的關係講清了。這樣，要寫好文章就必須養氣。比如蘇轍在《上樞密韓太尉書》就說；「以爲文者，氣之所形。然文不可學而能，氣可以養而至。」又說孟子的文章「寬厚宏博，充乎天地之間，稱其氣之小大」，是其「善養吾浩然之氣」的結果。劉勰在《文心雕龍》中更是列專章《養氣》進行論述，詳細地闡明了養氣與文章寫作的重要關係：「吐納文藝，務在節宣，清和其心，調暢其氣，煩而即捨，勿使壅滯，意得則舒懷以命筆，理伏則投筆以卷懷，逍遙以針勞，談笑以藥倦，常弄閑於才鋒，賈余於文勇，使刃發如新，湊理無滯，雖非胎息之邁術，斯亦衛氣之一方也。」認爲「吐納文藝」，必須「元神宜寶，素氣資養」，意即要「守氣」與「衛氣」。

然而，文章畢竟是「氣之所形」，因此尚氣的另一任務還得要加强作者的文辭修養。劉大櫆《論文偶記》說：「音節高，則神氣必高，音節下則神氣必下，故音節爲神氣之迹。」這句話又正好說明了加强作者文辭修養對於文氣形成的重要性。談到文辭修養，這方面的論述就比較多了。

如「修辭立其誠」、「言有序」（《周易》）；「辭尚體要」（《尚書》）；「辭欲巧」（《禮記》）等，都說明不能忽視詞章的修養。清人張裕釗在《答吳摯甫書》中說：「文以意爲主，而辭欲能副其意，氣欲能舉其辭。譬之車然，意爲之御，辭爲之載，而氣則所以行也。」這就是說，「意」（內容）是一篇文章的根本，「辭」（語言）以副之，而「氣」（氣勢）載其辭。形象地表明文章內容、語言和氣勢三者之間的關係。

對於上述我國散文的六種審美傳統，還僅僅是做了一個粗線條的掃描，而且也不一定就只是這些。在漫長的散文發展史上，這些特點也是互爲聯繫、各有消長的，但它們畢竟構成了我國散文美學的主流。

第二章　散文美探踪

散文歷來有所謂「美文」的說法。美文者，美在何處呢？這恐怕並不是幾句話能夠說得清楚的事情。總而言之，讀一篇好的散文，的確能夠使人產生一種特殊的美感和快感。李廣田說，讀美國散文家瑪耳廷的散文，其自然而流利的文體，「每令人感到他不是在寫文章，而是在一座破舊的老屋裡，在幽暗的燈光下，當夜深人靜的時候，他在低聲地同我們訴說前夢，把人引到一種和平的空氣裡。」（《道旁的智慧》，見《畫廊集》，商務印書館一九三六年版）這種情形，我想每個散文鑑賞者都會碰到過。

那麼，就讓我們繼續抬足向前，到散文的天地裡去探尋散文的魅力所在吧！

一、真人真事的「裸體美」

著名作家郁達夫曾談到過這樣一個故事：在法國，有一次一位宮廷供奉向散文家蒙泰紐

（Montaigne）說：「皇帝陛下曾經讀過你的書，很想認識認識你這一個人。」蒙泰紐卻回答說：「假使皇帝陛下已經看了我的作品，那麼他就認識我這個人了。」蒙泰紐的話說得很風趣，而且同時也揭示了一個重要的道理，即散文寫的是真人，敘的是真事。這一點，正是筆者要在本節專門闡述的。

就我國散文的傳統來看，就是講究「實錄」，强調寫真而不寫假，而且爲數不少的篇章其實就是作者應實際生活的需要而寫的實用文。比如作爲我國散文源頭的先秦時期的經傳子史，其中具有散文雛形的大部分篇章實際上都是實際生活需要的真實的記錄，這些我們不必去說它。之後的歷代散文更是繼承了這一傳統。李密寫《陳情表》，正是歷史上實有晉武帝司馬炎徵爲太子洗馬，但他又不願赴召而決意奉養祖母之事，這才誕生出這篇婉曲動人的作品。韓愈的《寄十二郎文》，「字字是血，字字是淚」，堪稱「祭文中千年絕調」（吳楚材、吳調侯語），也正是它真實地敍述了作者和十二郎韓老成叔侄之間自幼共同生活的深厚情意，並爲十二郎的早逝而深切悼念；蘇軾的《前赤壁賦》，寫的是作者遊覽黃岡縣西北赤鼻磯的所見所感，更是一篇情景相生的遊記。如此等等，如果沒有現實生活中的這一切，單靠作者的想像與虛構，這些作品成爲傳世名作也就不可能了。

散文創作中的這種情況，完全可以說明散文與作者以及現實生活關係之密切。這一密切的程度，不僅僅是在作品裡滲透了作者的思想、性格和情趣，而且一般都是作者自己所見所聞所感的直接表露，作品中的人、事、景、物等都是具體實在、真切可信的。這樣，我們讀一篇好的散文，似乎就是在和作者面對面地交談，作者的思想、性格、習慣、嗜好和情趣等都歷歷如繪地浮現在我們眼前。所以，人們往往把散文看成是作者的「自敍傳」或「內心獨白」。據說，蒙泰紐晚年還曾叮囑人們，說他的散文「涉及家事和私事，目的是要給朋友親戚們看的；那麼，在我死以後——我快要死了——他們可以從其中一窺我舊日的聲容和幽默；由此，他們對於我的記憶，會更完全，更栩栩如生。」（斯密兹：《小品文作法論》，見佘樹森《散文創作藝術》第三十頁，北京大學出版社一九八六年八月版）明乎此，我們也就可以更進一步理解蒙泰紐前面所說的那句話的意思了。

不論從散文漫長的發展過程來考察，還是從散文這種文體的美學屬性來認識，我以爲，散文與詩、小說、戲劇相比，是最切近現實生活的一種文體。寫真人真事，不仰仗虛構，這是散文這一文體的突出特徵與魅力所在，也是區別於其他文學體裁的一個顯著標誌。

作爲一篇優秀的散文，其結構可以鬆散而不講究，文辭也可以隨便而不典雅，但內容卻必定真實。其人其事，其景其物，都應是現實生活中真實存在的，特別是人物都應是「有名有姓，有戶口可查」。嚴格地寫真，這是散文創作中大家共同遵守的一個原則，也是散文鑑賞者心目中的一條不約而同的無形標準。吳伯簫曾在《就〈歌聲〉答問》中說：「有青年同志問：抗日戰爭時期革命歌曲很多，爲什麼單單提《生產大合唱》呢？理由很簡單，因爲毛主席講《青年運動的方向》的那天晚上，的確是舉行了《生產大合唱》的第一次演唱，這種地方只能寫實，不好虛構。」（見《中學現代散文分析》第一六八頁，山東人民出版社一九八〇年八月版）在這裡，作家正是受到了散文寫真這一原則的制約。

再如何爲的《第二次考試》，最初是以散文而聞名於世的，但作者後來介紹說，文中的主要情節都是虛構出來的，因而人們對這篇作品的文體也產生了懷疑，並提出應歸入小說的範疇。顯然，人們心目中對散文的審美標準還是一致的。還如孫犁的《山地回憶》，很多人把它編入散文，但作者自己說是短篇小說，大概也是出於作品有很多虛構成分的考慮。（參見《寫作原理》第二二四頁，中南工業大學出版社一九八七年六月版）

也正因爲散文要寫真人真事，所以散文不僅多以第一人稱寫出，而且散文中的「我」一般都是作者自己。它和小說中的「我」不同，小說中的「我」通常是作品中經過虛構塑造的一個人物，即使取材於作者的某些真實經歷，也不能和作者混同，從而更加體現了散文寫真的特徵。

早在六〇年代初期，周立波就曾明確地說：「描述真人真事是散文的首要特徵，散文家們要依靠旅行訪問調查研究，積累材料，要把事件的經過、人物的真容、場地的實景審察清楚了，然後才提筆伸張，散文特點決不能仰仗虛構。它和小說、戲劇的主要區別就是在這裡。」（見《文藝報》一九六二年第十一期）當代散文家柯藍也爲此撰文專門强調：「散文是作家心靈最真誠、最赤裸、最直接的表白，不能有任何虛構。散文如果有虛構，它就成了小說。可是近年不少青年讀者被某些冒牌『散文』弄糊塗了，以爲散文可以虛構，總是提出散文真實性的問題，我們的散文如果老在這個問題上兜圈子，將是散文的悲劇。」（見一九八五年十一月二十六日《文匯報》）《大英百科全書》在解釋「散文」條目時也說，「非小説性散文作家，不通過虛構故事來表達自己的憧憬，他以意含的率真來表達自己的痛苦和快樂。」從這些尖銳、明確的話語裡，我想讀者是可以得到很多有益的啓示的。

我們也應該知道，任何樣式的文學作品都强調寫真實。不過，這裡的真實一般是指藝術的真實——通過藝術典型化的手段對現實生活進行剪裁和加工而獲得的一種高於生活真實的真實——散文當然也需要這種藝術的真實，但首先得必須符合生活的真實，即無論怎麼剪裁和加工，作品中的人、事、景、物應是可以與現實生活對證的。一旦在散文中摻進了假象和矯情，作品的感染力就立即化爲泡影，更不要説憑空虛構同散文的美學屬性是怎樣相斥無緣了。因此，對文學作品而言，所謂「真實」，便具有了兩重含義：一種是散文的真實。它尚真求實，讀了後可以指著它説，我們生活裡有這樣的人！這樣的事！人們通過散文可以了解歷史，了解現實，知道實際的存在。另一種則是小説、戲劇和詩歌的真實，它是一種使現實生活更趨於理想化的藝術的真實。

再比如説，雲南省京劇院某青年演員不幸逝世，在京劇院團支部書記倡議下，六名團員自動一起湊錢寄給該青年演員的父母，擔起贍養該青年演員的老人的職責，後給某名演員知道了，也參加了這支贍養老人的隊伍。結果在某人寫關於這名演員的一篇散文中，只提名演員，其他團支部書記和六名不出名的小人物則隻字不提。這種剪裁和加工在其他文學作品中也許可以，但在散文創作中不允許。

大概很多人都讀過峻青的名篇《秋色賦》，但不知你們讀到文中那位和「我」同行的老漢所發的一段高談闊論時有何感受，至少我是總覺得老漢的話未免太脫離現實了，作為一個農村老漢講出那樣一些文氣十足的話聽來總不順耳。自然，這裡我並不是有意要全部否定這個名篇，但這種虛構（註：作者自己說這個老漢是虛構的，可參見《寫作》雜誌一九八二年第一期）應當說在散文裡是失敗的，實際上這在其他文學作品裡也不可取。

散文寫真人真事，從美學角度來分析，這可以說是一種「清水出芙蓉」的自然美，是美人新出浴的裸體美。艾青說：「……當我們熟視了散文的不加修飾的美，不需要塗抹脂粉的本色，充滿了生活氣息的健康，它就肉體地誘惑了我們。」（《詩的散文美》，見艾青《詩論》第一五三頁，人民文學出版社一九八〇年八月版）它較之小說、戲劇等通過典型化的手法來表現要更勝一籌，更動人心。英國文藝評論家拉斯金曾說過這樣一句話：「我沒有看見一座希臘女神雕像有一個血色鮮麗的英國姑娘的一半美。」（轉引自陸一帆編著《新美學原理》第二一〇頁，廣西人民出版社一九八三年十月版）這句話强調了現實真美的巨大魅力，它是難以模仿創造的。當然，散文的真美自然不能等同於現實的真美，但它畢竟比小說、戲劇等更切近於現實的真美。試想，散文既沒有詩歌節奏鏗鏘的音樂語言，也沒有小說曲折跌宕的故事情節，更沒有戲劇尖銳複雜的性格衝突，但我們爲什麼還愛看散文呢？這也正是主要因爲散文具有這種其他文學體裁所遠遠不及的「真美」。請看朱自清寫給亡妻武鍾謙女士的散文《給亡婦》中的一段：

老實說，我的脾氣可不大好，遷怒的事兒有的是。那些時候你往往抽噎著流眼淚，從不回嘴，也不號啕。不過我也只信得過你一個人，有些話我只和你一個人說，因為世界上只你一個人真關心我，真同情我。你不但為我吃苦，更為我分憂，我之有我現在的精神，大半是你給我培養著的。這些年來我很少生病。但我最不耐煩生病，生了病就呻吟不絕，鬧那伺候病的人。你是領教過一回的，那回只一兩點鐘，可是也夠麻煩了。你常生病，卻總不開口，掙扎著起來；一來怕攪我，二來怕沒人做你那份兒事。我有一個壞脾氣，怕聽人生病，也是真的。後來你天天發燒，自己還以為南方帶來的瘧疾，一直瞞著我。明明躺著，聽見我的腳步，一骨碌就坐起來。我漸漸有些奇怪，讓大夫一瞧，這可糟了，你的一個肺已爛了一個窟窿了！

我們讀著這段真切樸實的文字，老實說，又有誰不爲這「亡婦」的溫順忍讓，善良美好的心靈而感動呢？這個真真實實的「亡婦」形象難道是那些通過虛構的同類形象可以比擬的嗎？

散文的這種真人真事的「裸體美」，還表現在一般都不避諱把作者自己擺進去，作者總是以親人、故舊、知己等某個現實的身份同讀者促膝而談，使人感到作者是那樣親切、真誠、實在，從而喚起讀者美感。反之，如果作者常有半點虛情假意，憑空編造，其作品的美感就勢必大大削弱，甚至化爲烏有。記得梁實秋在評論徐志摩的散文時，曾說：他寫起文章來，似乎把心掏給讀者，他説話「不怕得罪讀者」、「不怕説寒傖話」，「不避免土話」，「也不避免大話」。（《關於徐志摩》，見佘樹森《散文創作藝術》第四四頁，北京大學出版社一九八六年八月版）總之他寫的都是自己的真心話。盧梭的《懺悔錄》，這是很多人都熟悉的作者用散文寫成的動人篇章，他赤裸裸地把自己一生中的真實經歷，包括一些醜事全寫了出來，但在我們看來卻顯得更有藝術的魅力，也無損於他的威信，因爲它使人們看到了一個真實可信的盧梭。

散文家的這種真實的人格與個性，在古今中外的優秀散文裡都是很容易發現的，這不僅是散文的一大擅長，也是散文吸引讀者的魔力所在。讀者總是願意欣賞這種赤裸裸的真，願意閱讀「這一個」作家的作品，並通過「這一個」的獨特風格和感受去了解生活和世界。

散文的這一美感特徵，在內容上即顯示出完全徹底的真，在形式上即表現爲行文瀟脫，自然和諧；筆之所至，情之所至，毫無雕琢之痕，純屬一片天籟。讀古今中外的散文精品，就如同在一個涼風習習的夏夜，我們坐在星空下，禾場上，一邊搖著扇子，一邊閒話絮語；也彷彿在一個曙色初露的清晨，我們和朋友一起在林中漫步，天南地北，無所不談，不受一點拘束。所有這些，乍看起來似乎是毫無章法可言的，但仔細想來卻又是按照一定情勢而展開。一位古希臘哲學家說：「看不見的和諧比看得見的和諧更好。」（見周冠羣《散文探美》第二八頁，重慶出版社一九八六年十一月版）好的散文，正是這種「看不見的和諧」，總是那麼毫不經意卻又精美無比。誠如劉熙載所說：「極煉如不煉，出色而本色，人籟悉歸天籟。」（《藝概》）顯然，散文的這種內容的真實可信和形式的自然和諧，在縮短鑑賞主體與客體的距離方面，在實現散文鑑賞的全部目的方面，的確是十分突出的。

或者也有人會問，是否任何赤裸裸的真實都是散文所需要的呢？當然不是。比如西方有些散文作品專描寫色情下流的生活，寫得十分逼真，要說它們不真實是說不過去的。但決不能說它們是好作品，可以拿來欣賞。散文的寫真，關鍵在於散文作家的態度如何，只熱衷於把醜的事物真實地展示出來，甚至對醜的事物採取欣賞的態度，這個作品雖有真，但決不可能有美。這是不言而喻的。

毋庸諱言，從散文創作的實踐來看，確也有極少一部分散文不是寫真人真事，存在有明顯的虛構現象。例如楊朔的很多散文就是虛構的，巴金的散文也有，古代也有像《桃花源記》一類的虛構散文的，這到底應當如何去認識呢？

真實與虛構，這與散文來講本應是不成問題的問題，但的確有人談散文總是津津樂道於虛構的妙用，包括有些名家也公開承認散文可以虛構。巴金在《談我的散文》一文中就說：「絕大部分散文裡的『我』是作者自己，不過這個『我』並不專講自己的事情。另外一些散文裡面的『我』就不是作者自己，寫的事情也全是虛構的了。」（引自《寫作原理》第二二三頁，中南工業大學出版社一九八七年版）筆者認爲，散文在寫真人真事的原則下當然也可以進行適當的藝術加工，比如對生活素材的取捨與剪裁等，而虛構人物、虛構場景、虛構故事則未必適宜。像楊朔的《泰山極頂》、《雪浪花》、《香山紅葉》，峻青《秋色賦》等等。這類虛構散文一般人們並不把它們視爲散文的正宗寫法，而被人常常戲呼爲「小說家的散文」。更何況，有些通過虛構寫出的所謂散文，實際上已劃歸爲小說了。第一篇評論《雪浪花》的文章，即把它視爲小說。（參見曹禺《雜談文藝工作》，《草原》一九六一年第十一期）冰心的《小桔燈》是作散文寫的，但中學語文課本是把《小桔燈》編入「小說」單元。巴金的某些自稱爲散文的作品也有此種情況。所以，虛構散文相對整個散文創作來講畢竟還是十分有限的，如果我們因此而斷定散文允許虛構，那就未能從總體上真正把握散文講究真實的美學特徵，這對於不論是散文創作還有鑑賞都是有害無益的。

二、細膩酣暢的情感美

人有七情，身有所歷，心有所感，或喜或悲，或愛或憎，就得要找到發洩的機會和形式，否則，老是憋在心裡是難以忍受的。《老殘遊記》的作者，認爲「靈性生感情，感情生哭泣」，就文學藝術來看，《詩經》、《莊子》、《離騷》、《紅樓夢》等等，又何況不是作者之「哭泣」呢？概言之，凡文學藝術的本質皆在一個「情」字。

散文作爲一種特別講究真美、側重表現個性感受的文學樣式，無論是記事、詠物、繪景、懷舊、寫人等，自然更是離不開以情感人。比較而言，在文學作品裡，其情感之最真誠、最細膩、最酣暢、最自然者，我以爲實屬散文之最先。鑑賞一篇好的散文，總給人以「開緘論心」之感，彷彿作者要把他的心肝掏出來給你看一樣，也好像作者同你冬日圍爐夜話，聽他慢慢道來，傾訴衷情，那麼純真如癡，樸素自然。散文尤其注重抒寫作者的主觀情感，是飽蘸著淋漓酣暢的感情寫出來的，是最需要豐富感情的一種文體。

一方面，這是因爲散文强調寫真人真事，所以散文所表現的内容一般都應是作者本人的所見、所聞、所感，從而自然會帶有作者的主觀感情。另一方面，散文一般又是按照作者的主觀意圖來構思謀篇的，它所刻意追求的不是故事性、戲劇性，而是作者對客觀世界的主觀感受。感受者，即情感也。它雖然也寫人物、寫事件、寫衝突，但它寫這些時，往往只是捕捉一個側影、一個片斷、一個梗概，甚至一鱗半爪，星星點點，不像小說、戲劇等敍事文學那樣來得完整、豐厚，只是注重抒情性。而且，散文既然是按照作者的主觀意圖來構思，一般又是採用第一人稱寫出。這樣，作者就可根據表達的需要，隨時運用直抒胸臆的方式，顯得非常方便。但小說作者一般是按照人物性格的發展規律來構思，戲劇作者一般又是按照人物性格衝突形成的場面的轉換來構思。在小說和戲劇裡作者是不能隨便站出來抒發自己的情感的。

散文講究情感的抒發，這一點除詩歌以外的其他文學體裁無法與之相比，而且詩歌雖然也强調抒情，但它受到詩的句式和篇幅的限制，畢竟比不上散文可以運用口語體更細膩、更酣暢地抒發作者的情感。它既不受固定句式的羈絆，也無韻律方面的嚴格限制，有很大的自由性。

散文雖有記敍散文和抒情散文的區別，但任何一篇真正能夠感染人的散文，都會具有濃郁的抒情色彩。不過是記敍散文採用間接抒情的方式，抒情散文採取直接抒情的方式罷了。丹麥作家尼克索的散文《至死不渝——童年回憶》，看起來整篇都是平平的記敍，沒有激情迸發的語句，甚至連文中主人公之一包恩的死也好像不能使他激動，僅僅轉述別人的議論而已。但作者卻在平實和細膩的文字中，灌注了一股真摯而又深沈的對於天才音樂家包恩及其兒子雅奴斯的崇高愛戴和想念。事實上，作者敍述得愈平靜，讀者心情愈沈重；作者愈不動聲色，讀者愈壓抑不住內心的激動。

散文的這種細膩酣暢的情感美，其具體表現也是顯而易見的。

首先，即情感變化的明晰性。在散文裡，作者的情感變化往往不像詩那樣大開大合，突兀其來，突兀其去，而是猶如草蛇灰線令人捉摸不透。作者情感的波瀾、心靈的起伏常是伴隨著細微曲折的筆觸一層一層地傳達出來，使人可以並不怎麼費力地窺見出作者情感變化的心迹，從而在心靈深處與作者產生美感共鳴。

楊朔的《荔枝蜜》，從自己小時候被蜜蜂螫過，之後很長一段時間看見蜜蜂，心裡就疙疙瘩瘩的寫起；然後再寫作者到從化溫泉養病，偶然聽人談到荔枝蜜的佳處，於是「不覺動了情，想去看看自己一向不大喜歡的蜜蜂」；最後寫作者參觀養蜂場，又聽了養蜂員對蜜蜂這「最愛勞動」又「很懂事」的小生靈的介紹，心裡「不禁一顫」，並不由自主地喊出：「蜜蜂是渺小的；蜜蜂卻又多麼高尚啊！」以至於由蜜蜂而想到「爲自己，爲別人，也爲後世子孫醞造著生活的蜜」的勞動者，甚至「夢見自己變成一隻小蜜蜂」。文章緊緊扣住蜜蜂，從時間上看雖然幾經跳躍，跨度較大，但作者的情感變化卻是有條不紊的，並清楚地呈現出三個層次：不大喜歡——半信半疑，即舊的感情態度發生動搖——熱愛。這樣，讀者的鑑賞思維也在不知不覺中與作者「同化」了，自然而然，合乎常情。

散文運筆固然最忌平鋪直敍，時有穿插，選材最爲自由靈活。大至宇宙，小至蒼蠅，任意而談，無所顧忌，但始終都是以情緯文，用一條體現作者「自我之情」的線索，把粒粒珍珠編織成串，其情感變化的明晰性十分突出。再如美國作家德萊塞的散文《我的夢中城市》，抒發的是作者對資本主義社會被表面繁榮掩蓋下的種種危機的深沈的憂悒之情。有趣的是，作者卻是別具匠心地從夢境寫起，給讀者出奇地展示出「清冷」、「靜穆」的夢中城市的風光；接下來則是騰出更大的篇幅寫現實中的紐約城市，時而寫百老匯路，時而寫五馬路，時而特寫縫衣女工……然後文章就此收束，並未再寫「夢中城市」。乍一看來，文章內容與題目似乎不符，但當你再回過頭來咀嚼一番，就會不難發現作者情感變化的樞紐正是由題目點出，並在行文中逐層托出，委婉深長。作者寫夢中城市實際上只是一個情感表現的鋪墊，以此與現實中的城市形成對比，清楚地表明現實中的城市的繁華如夢似幻，稍縱即逝。這一情感變化的軌迹在文章結尾處再次得到了强調：「你就想想這裡面的幻覺吧，真是深刻而動人的催眠術哩，强者和弱者、聰明人和愚蠢人、心的貪饞者和眼的貪饞者，都怎樣的向那龐大的東西尋求忘憂草、尋求迷魂湯……」作者的情感至此達到高潮，隨即便戛然而止，漾出層層餘波。

其次，即表現在情感載體的具體性。散文的情感美並不是抽象空幻的，作者的情感常以「具體」作爲載體，或見之於細節，或借之於景物，或托之於人事，使讀者在鑑賞作者筆下之細節、景物、人事的同時，細賞作者心中之情。在這裡，細節作爲散文情感載體的重要手段，更是值得我們注意。

大凡優秀的散文，都有幾個精妙無比的細節。細節的運用，正是由散文以小見大的特性所決定。一個動人的細節，就好比圖畫中的山之一抹，梅之一枝，花之一束，孕育著玩味不盡的情韻。這裡是蕭紅《回憶魯迅先生》中的兩個片斷：

魯迅先生的笑聲是明朗的，是從心裡的歡喜。若有人說了什麼可笑的話，魯迅先生笑得連煙捲都拿不住了，常常是笑得咳嗽起來。

魯迅先生走路很輕捷，尤其使人記得清楚的，是他剛抓起帽子來往頭上一扣，同時左腿就伸出去了，彷彿不顧一切的走去。

這樣的細節，真叫人過目不忘。這不僅生動地再現了魯迅思想性格的多側面，重要的是借此抒發了作者對魯迅先生的無限崇敬和懷念之情。

散文細節的基本美學特徵是作爲創作主體情感的載體而出現的，著眼於强烈的抒情性，與小説細節一般專門用來塑造人物不同。優秀散文的細節，除了讓人們看到藝術對象的某些特徵，還在於充分孕育著創作主體鮮明郁勃的審美情愫。同時，散文即是借助於第一人稱「我」出之，這樣，創作主體就不僅僅是站在一旁做客觀的描述，而是作爲一個真實的角色活躍於其中。因此，無疑文中的所有細節都會滲透著「我」即創作主體的情感色彩。請你再看蘇聯巴烏斯托夫斯基《小樹林中的泉水》中的這兩節：

我和這位守林人走在一座小樹林裡。這個地方自古以來是一大片泥沼，後來泥沼乾涸，便為草莽蕪蔓了，現在只有深厚的多年的苔蘚，苔蘚上的一些小水塘和無數的磯躑躅還會勾起人們對往日的池沼的記憶來。

我不像一般那樣輕視小樹林。林中動人的地方很多。各種柔嫩的小樹——雲杉和松樹，白楊和白樺——都密密地和諧地長在一起。那裡總是明亮、平靜，好像收拾好準備過節的農舍的上房一樣。

在這裡作者既在寫景，也在寫情；景中有「我」，景中含情；著墨於景，落腳於情。一般而言，散文細節因篇幅的限制通常也比小說細節顯得更爲精微細小，所以情感的容量也更爲豐富，情感的程度也更爲突出，情感的表現也更爲具體。換言之，細節之於散文的情感美即在於細膩自然，含蓄有味。作爲細節客體和主體情感之間的關係，就好比是鹽解於水中，是渾然結合而了無痕迹的。

再次，即情感表現的適意性。我以爲，散文是一種最能爲我所用的文體，其信筆揮灑，舒放瀟脫，是其他文學體裁無論如何也不可比擬的。所以說，它是在任何題材上都可以自由地盡情地抒發情感的一種可以愛慕的工具。李廣田曾說，散文就像「一條河流」，「順了壑谷，避了丘陵，凡可流到之處它都流到，而流來流去卻還是歸入大海，就像一個人隨意散步一樣，散步完了，於是回到家裡去。」（李廣田《談散文》，見《文藝書簡》，開明書店一九四九年版）散文的這種有啥說啥，該說則說，該停則停，以「我」的真情實感講完爲止的適意性、自由性，也正是散文細膩酣暢的情感美的具體表現。

唐宋散文八大家之一的蘇軾最早揭示出了散文適意性的特色，他在《文說》中說：

吾文如萬斛泉湧，不擇地而出。在平地，滔滔汩汩，雖一日千里無難。及其遇山石曲折，隨物賦形而不可知也。所可知者，常行於所當行，常止於不可不止，如是而已矣。其它，雖吾亦不能知也。

這段話的確是很有見地的，很多人常常把它引用來說明散文行文沒有成法、不拘一格，完全是「以意役法」，順勢而行。散文的這一美學特性，不是爲作者淋漓酣暢、盡情盡興地抒情寫意提供了一個切實的可能嗎?它不論是對於創作者還是鑑賞者，我想這都該是一件美事。

散文情感美的表現當然不只是以上這些，諸如行文的張弛和諧、語言的音樂節奏、情感的率真親切等等，都有助於情感美的形成。總之，散文的情感美確有它突出的地位，它給讀者的影響也是別具風味的：或如奔騰的江水，或如涓涓的潛流，或如燃燒的烈火，或如幽蘭之馨香，總有作者的熱情滲入；引筆行墨，快意累累，情盡即止，細膩酣暢！

三、別具一格的語言美

在散文的美學研究中，有一個大家樂於稱道的術語叫做「散文筆調」，這就充分說明散文的語言具有一種獨特的風格。

的確，散文很講究語言的優美，散文的吸引力和感染力與之獨具的「散文筆調」是分不開的，這是散文的另一突出特徵。那麼，這種「散文筆調」的語言美究竟表現在哪裡呢？我想也許可以這樣說：散文語言介乎詩與小說之間，它雖然不像詩歌語言那樣整飭、凝煉，但要求有一定的節奏與情韻，便於誦讀；它雖然也不像小說語言那樣平易，卻是平易的基礎上略有裝飾，語言富有文采，句式錯落有致；當然它也不像戲劇語言那樣要求富有動作性。總而言之，散文語言在內容表達上的親切感，在聲韻調配上的節奏美，以及語句之間所呈現出來的錯綜美，這三者有機統一，互爲表裡，也就構成了一種別具一格的「散文筆調」。

先說親切感。

散文語言不僅和小說一樣是採用口語體，而且還因散文語言一般都是採用第一人稱的表達方式，同時又不像小說語言那樣來得平易，而是在平易之中略有妝飾，交織著情韻美、意境美和文采美，從而更能喚起讀者的情緒，縮短作者與讀者之間的距離，產生一種親切的美感。請讀吳伯蕭《記一輛紡車》中的一段描寫：

初學紡線，往往不知道勁往哪兒使。一會兒毛卷撑成繩了，一會兒棉紗打成結了，急得人滿頭大汗。性子躁一些的甚至為斷頭接不好而生紡車的氣。可是關紡車什麼事呢？儘管人急的站起來，坐下去，一點也沒有用，紡車總是安安穩穩地呆在那裡，像露出頭角的蝸牛，像著陸停駛的飛機，一聲不響，彷彿只是在等待，等待。直等到紡線的人心平氣和了，左右手動作協調，用力適當，快慢均勻了，左手拇指和食指之間的毛線或者棉紗就會像魔術家帽子裡的彩綢一樣無窮無盡地抽出來。

這段文字的句子長短相同，瀟灑從容，如敘家常，一切都好像「池塘青草」一樣自然天成，親切可讀。同時，作者在行文中又給以巧妙地妝飾，整齊中見變化，加上比喻、排比、反復、重疊等多種修辭手段的運用，語言更富有文采，顯得情景逼真，且帶有幾分幽默，讀後不覺餘味無窮。像這樣的語言，在散文裡可謂比比皆是。我們再看捷克作家恰彼克《田園詩情》中的前頭一段：

荷蘭，是水之國，也是牧場之國。一條條運河之間的綠色低地上，黑白花牛，白頭黑牛，白腰藍嘴黑牛，在低頭吃草。有的牛背上蓋著防潮的毛毯。牛羣吃草反芻，有時站立不動，彷彿正在思考什麼。牛犢的模樣像貴夫人，儀態端莊，老牛好似牛羣的家長，無比尊嚴。極目遠眺，四周全是碧綠的絲絨般的草原和黑白兩色的花牛，這就是真正的荷蘭。

在平易、跳躍與輕快之中略有修飾，緩緩道來，錯落有致，是多麼富有情趣的描述，又是多麼的質樸而風趣！讀者就如同與作者同窗對坐，聽他親親切切地說話。

散文語言的這種親切感，是以口語爲基本原料進行錘煉後的一種特殊的美感。它是淺近的、暢達的、自然的，但它又是深遠的、跳蕩的、絢爛的。故而既能令人頓生平易可親之感，同時又能總是使人玩味不透。顯然，這是一種絢爛之極歸於平淡的境界。我國散文大家朱自清曾經極力主張，散文語言要「用筆如舌」，提倡散文的「談話風」，追求這種「談話風」，作品才能像「尋常談話一般，讀了親切有味」。（《內地描寫》，見楊昌江《朱自清的散文藝術》第九十八頁，北京出版社一九八三年三月版）實際上，朱先生提倡的「談話風」並不等同於生活中的談話，我們只要讀一讀他的作品就清楚了，且讀這段文字：

> 桃樹、杏樹、梨樹，你不讓我，我不讓你，都開滿了花趕趟兒。紅的像火，粉的像霞，白的像雪。花裡帶著甜味兒；閉上眼，樹上彷彿已經滿是桃兒、杏兒、梨兒。
>
> ——朱自清《春》

這是怎樣的渾然天成，大巧若拙的散文語言呢？這種美的境界，難道不是那些優秀散文所共同具有的嗎？

次說節奏美。

談到語言的節奏美，似乎這只是詩歌體裁的「專利品」，其實散文語言也有它自身的節奏美。清代重要文藝理論家劉大櫆說得好：「文章，最要節奏；譬之管弦繁奏中，必有希聲窈渺處。」「蓋音節者，神氣之迹也；字句者，音節之矩也。神氣不可見，於音節見之，音節無可準，以字句準之。」（《論文偶記》）他不僅强調了「文章最要節奏」，也强調節奏猶如「管弦繁奏」富有變化，成爲創作主體的「神氣之迹」，自然而然。這是很有見地的。

漢語和其他外國語比較的一個顯著特點，即是有聲調，講平仄。我國詩歌正是利用了這一特色，在節奏上形成了一整套固定或者大致固定的格式，具有嚴整的節奏音韻之美。然而，散文在節奏上既取詩歌之長，也講聲調、平仄和押韻，但沒有固定的格式，一切以符合口語節奏爲原則。古人寫文章，寫完後往往要反復誦讀，看是否有不上口的地方，以便進一步修改。道理也就在這裡，並一直爲後人所借鑒。試以李密的《陳情表》爲例：

臣少多疾病，九歲不行，零丁孤苦，至於成立。既無伯叔，終鮮兄弟，門衰祚薄，晚

平仄平仄仄　仄仄仄平　平平平仄　仄平平仄　仄平仄仄　平仄平平　平平仄仄　仄

有兒息。外無期功強近之親，內無應門五尺之僮，煢煢獨立，形影相弔。而劉夙嬰疾病，

仄平仄　仄平仄平平仄平平　仄平仄平仄仄平平　平平仄仄　平仄平仄　平平仄平仄仄

常在牀蓐，臣侍湯藥，未曾廢離。……

平仄平仄　平仄平仄　仄平仄平

你看，每一句都是平仄互換，有平有仄，讀起來自然音韻鏗鏘，節奏分明。且句末多用仄聲，與作者的淒惻促迫之情正好相配，這種節奏之美是很難得的。

當然，散文作者在創作之初也並不一定每句都去論平分仄。散文語言的節奏美，它的音節的多少、平仄的變化、韻律的安排，當是與內容的自然氣勢和人們說話的口語緊密結合的，節奏合乎口語呼吸停頓的自然，貴在順勢和順口，抑揚頓挫，抗墜緩急，純屬天籟。再請看吳伯簫《菜園小記》的開頭：

種花好，種菜更好。花種得好，姹紫嫣紅，滿園芬芳，可以欣賞；菜種得好，嫩綠的莖葉，肥碩的塊根，多漿的果實，卻可以實用。俗語說：「瓜菜半年糧。」

語言的停頓較有規律，以四字句爲主，而起句、尾句和中間兩句，則又長短參差有別。另外，前幾句押「好」字韻，後面的「紅」、「芳」、「賞」、「糧」也大致相押。這樣，自然地形成一種明快蕩漾的節奏基調，而且它與作者的創作心情同樣也是一致的。

過去有人認爲：「有韻爲詩，無韻爲文。」就詩與文的區別而言，此話大致正確，但文也並不排斥適當的韻。散文如果能做到大致押韻，不僅能增進聲音的諧和和節奏，而且能使文章的氣勢顯得更加貫通。如賈平凹的散文《醜石》中的一節：

它不像漢白玉那樣的細膩，可以鑿下刻字雕花▲，也不像大青石那樣的光滑，可以供來浣紗捶布；它靜靜地臥在那裡▲，院邊的槐蔭沒有庇覆它▲，花兒也不再在它身邊生長。荒草便繁衍出來，枝蔓上下▲，慢慢地，竟繡上了綠苔、黑斑。我們這些做孩子的，也討厭起它來，曾合夥要搬走它▲，但力氣又不足；雖時時咒罵它▲，嫌棄它▲，也無可奈何，只好任它留在那裡去了。

不過，散文節奏美的根本特徵是在變化中見節奏、見音韻，如果通篇都是對偶句或押一個韻腳，甚至於句句押韻，這都會使散文顯得不倫不類。

最後說說錯綜美

我們知道，散文最初是相對韻文和駢文而言的，人們之所以稱它爲散文，是因爲散文語言不受格律的限制，散行奇句，參差不齊。但也惟其行文的散，才便於作者因情遣詞，因勢造句，使散文的語言形式更好地爲表達思想感情服務。語言的長短、緩急、抗墜成爲作者思想感情起伏變化的外部標誌。從另一方面説，不同的句式特點對表情是有著不同的藝術效果的。諸如：

短句節奏促迫，咄咄逼人，激越活潑；
長句節奏緩慢，浩瀚流動，委婉平實；
排句節奏明快，一瀉千里，氣勢磅礴；
偶句節奏鏗鏘，簡練精悍，情感凝重；
反復句節奏蕩漾，搖曳生姿，一唱三嘆；
散句節奏自然，文勢流動，曲折盡意……

但由於作者的情感又是極爲豐富、複雜的。這樣，表現在散文語言上也就不可能只使用某一兩種句式，而是以某種句式爲主的多種句式的並用，自然形成一種散整交錯，長短參差，奇偶相諧的錯綜美。請讀波蘭作家伊瓦什凱維奇的著名散文《草莓》中的這兩段：

我們漫步田野。在林間草地上我意外地發現了一顆晚熟的碩大草莓。我把它含在嘴裡，它是那樣的香，那樣的甜，真是一種稀世的佳品！它那沁人心脾的氣味，在我的嘴角脣邊久久地不曾消逝。這香甜把我的思緒引向了六月，那是草莓最盛的時光。

我們常以為自己還是妙齡十八的青年，還像那時一樣戴著桃色眼鏡觀察世界，還有著同那時一樣的愛好，一樣的思想，一樣的情感。一切都沒有發生任何的突變。簡而言之，一切都如花似錦，韶華燦爛。大凡已成為我們的稟賦的東西都經得起各種變化和時間的考驗。

在這裡，作者是在寫自己因草莓的觸動而引起的心潮波動，以短句爲主，並時而來幾個排比句：「它是那樣的香，那樣的甜」；「還像那時一樣戴著桃色眼鏡觀察世界，還有著同那時一樣的愛好，一樣的思想，一樣的情感。」從而恰當地表現出作者當時那種抑制不住的激動心情，郁勃情感。而當作者抒發面對這種場面所產生的情感的時候，自然，文章也並沒有一味地用短句，間或也用幾個長句子，甚至於長至近三〇字。如此長短結合，念起來很有張弛之感，同時也顯得情深款款，真摯動人，流轉自如。

也有的是以某一種句式爲主再雜以其他句式的，請看朱自清《兒女》中的這一節：

你要大碗，他要小碗，你說紅筷子好，他說黑筷子好；這個要乾飯，那個要稀飯，要茶要湯，要魚要肉，要豆腐，要蘿蔔；你說他菜多，他說你菜好。妻是照例安慰著他們，但這顯然是太迂緩了。我是個暴躁的人，怎麼等得及，不用說，用老法子將他們立刻征服了；雖然有哭的，不久也就抹著淚捧起碗了。

這是以短句為主的，它既很好地表現了童年生活的活潑有趣，也表現了「兒女」們的淘氣調皮，讀起來流利自然，又富有日常生活語言的節奏、錯綜之感。

再看一個以小偶句為主的例子（葉聖陶的《與佩弦》）。

或在途中，或在斗室，或在將別以前的旅舍，或在久別初逢的碼頭，各無存心，隨意傾吐，不覺枝蔓，實已繁多。忽焉念起，這不已沈入了晤談的深永的境界裡了麼？

前幾句都是偶句，顯得鏗鏘、簡練、凝重，語氣促迫；再接著是一個較長的散句，語氣又變得委婉、舒緩、平實，好似運動員完成一次短距離衝刺之後，此刻須得有較長的散步以緩和一下呼吸。清代包世臣在《文譜》中說：「凝重多出於偶，流美多出於奇，雖駢必有奇以振其氣，雖散必有偶以植其骨，儀厥錯綜，致為微妙。」此話說得不錯。

散文句式的錯綜之美，主要訴之於長長短短、錯錯落落；該長則長，該短則短，排比對偶，重疊反復，悉由自然。有如山間清溪，漫然瀉地；又似大海波濤，節奏有度。宋代李塗在《文章精義》裡說：散文「文字需要數行齊整處，須有數行不齊整處。」比如，語言句式大致相同的排比句、對偶句等，使之有一點齊整美；句式長短不定，參差變化的散行文字，又使之有一點不整齊的變化的美。散文語言的錯綜美，正是這種齊整和不齊整的和諧統一。而小說語言齊整處較少，詩歌語言又缺乏不齊整的變化，從而表現出散文語言錯綜美的特色。

以上的親切感、節奏美和錯綜美，就是構成「散文筆調」的三個重要分子。散文之所以又稱「美文」、這「美」當然應包括這別具一格的散文語言之美吧！

四、園林布局的結構美

要是你遊蘇州的著名園林拙政園，由東部入園，遊完蘭雪堂、芙蓉樹、天泉亭等景致，再步入中部主園，遠遠便可見四面有窗的遠香堂。這一去處倒不是堂建得如何如何特別，而是它在主園中所處的空間位置十分得當。遊人身處堂中，四周景致盡收眼底。正前可見假山起伏，北面有臨水築月台，池水以土分隔，形似兩座小島，山上林木葱翠，有雪香雲蔚亭和待霜亭，皆能清晰可辨。東爲桃杷園，南爲嘉實亭，也都一一在望。如果你想賞玩蘇州園林的布局特色，此處正是佳境。前後左右，相映相襯，布局採取分割空間、利用自然、對比借景的手法，因地造景、景隨步移，可謂變化無窮。

建築作爲一種藝術與文學藝術相比，是否也有相通之處呢？由此，我首先想到了散文的結構與江南園林的布局，二者確有不少相似之處。造園者，以假山、疊石、迴廊、漏窗、洞門等，造成景觀的藏、露、對、借、曲、幽，給遊人造成園中有園，景外有景，靜中有動，動中有靜之感。散文作者在結構行文時，也常以開合、抑揚、承轉、斷續等技巧，追求曲折變化，布局精巧，能給讀者以不盡的回味。此中奧妙，前人也有注意到的。明代王驥德在談到作曲的結構時說：「工師之作室也，必先定規式，自前門而廳，而堂，而樓，或三進，或五進，或七進，又自兩廂而及軒寮，……前後左右，高低遠近，尺寸，無不了然胸中而後可施斤斲」。寫散文也是這樣，「必先分段數，從何意起，何意接，何意作中段敷衍，何意作後段收煞，整整在目，而後可施結撰。」（《曲律》）這的確是值得我們重視的見解。大凡優秀的散文，看似自由自在，隨手拈來，實則無不經過作者的慘淡經營，精心布局。

當然，重視結構布局這當是所有文學作品的要求，非獨散文如此。不過，散文要求更高、更帶特殊性。這在某種程度上取決於散文在取材、謀篇等表現手法上都非常自由靈活，無所拘束。這雖是散文文體的一大優勢，但弄得不好也容易在這裡出問題，因爲稍不留意就會「跑題」，變成一盤散沙，那就真的成了「散」文了。所以，散文創作實際上更要特別講究謀篇布局。

確實也是這樣。我們大概都會有這樣的經驗，鑑賞古今中外那些精美的散文，就如同漫步於我國江南園林，或驚或喜，或嘆或疑，不時爲作者的巧妙構思而拍手叫好。就散文結構的基本美學特徵來說，則可用「精巧別致，錯綜變化」這八個字來概括。具體而言，散文結構的表現也是多方面的，恰似園林布局一樣，橫式對稱有整齊的美，縱式遞進有直線的美，曲折迴廊有曲折的美，重樓飛閣有變化的美，山石花木，因地造景則有和諧的美。散文結構也正是重視在有限中求無限，在統一中求變化，在人工中求自然，使作品波瀾起伏，新穎別致，精巧可愛，與園林布局的結構藝術很相似。關於這點，時賢借助園林藝術的某些術語對散文結構有很好的總結，以下不妨介紹幾種散文常用的結構形態。

一是深院遞進式。

此種結構屬於縱式布局可以依照事物發展的時間順序推進，也可以按照情節輕重安排，由淺入深，層層遞進。好比高牆大院，一進、二進、三進、四進……令人有幽深叵測、結構嚴密、井然有序之感。巴金的散文《一點不能忘卻的記憶》，就是按時間的順序寫了一九三六年十月十九日至二十一日這三天參加魯迅先生喪儀的所見、所聞、所感。作者先寫了守靈的人們向遺體告別的情景，次寫出殯時人們痛感由於先生的逝世而蒙受的巨大損失，再寫靈柩的安葬，最後點明對死者的崇高評價。這樣，很明顯地形成四個層次，順序推移，脈絡明晰，逐層推出抒情的至高點。

深院遞進式結構强調的是直線縱深遞進。所謂遞進，當然以時間推移遞進的最爲明晰，但主要則是從內容或情節的輕重來說的，因此，有些散文雖以時間爲序，但內容層次之間卻是並列的關係，不應屬於此種形式。

二是迴廊曲折式。

在園林藝術中，迴廊應是最有特徵，也是用得最爲普遍的一大手法了。亭台樓閣、花木山石之間，如果因地以曲曲折折的迴廊相連，就會使整個布局更爲和諧，有開有合，互相穿插，各景區的聯繫和風景層次都將增强，章法也顯得曲折而富有變化。園林藝術的這一手法在散文布局裡也得到了很好的發揮。

且看劉白羽的《日出》，作者寫在飛機上觀看日出的雄偉景象，但一開始卻避而不談。他先是摘引海涅和屠格涅夫對日出的描繪，接著再寫自己先後在印度科摩林海角和中國黃山想看日出而沒有看成的惋惜情景，如此幾經曲折，文勢委婉，最後才寫在飛機上觀看日出的情景，並抒發了作者對新中國瑰麗景象感到無限喜悅的情感。這種構思，恰似園林布局中的迴廊藝術，遊人遊完此一景觀，再漫步踱過曲徑迴廊，正當「山重水復」之時又豁然開朗，原來迴廊的另一頭卻是更爲精彩的景致。正是如此，《日出》前部分寫景雖美，但不過都是爲後面部分鋪墊、蓄勢，最後才異峯突起，給人以强烈的美感享受。

這種結構在一些詠物散文裡用得很廣，很多詠物散文開始都是不緊不慢地寫「物」的特徵，甚至有的只是簡約地寫了一下「物」之後再言其他，大有離題之嫌，但經過幾個轉折，又巧妙地回到「物」上，並使「物」得到更高的昇華。此種布局，的確頗得迴廊藝術的風采，作品有起有伏，搖曳多姿，大有曲徑通幽之感。如楊朔的《茶花賦》、冰心的《櫻花讚》等等，這裡不再細說。

三是屏風集錦式。

這是一種並列的橫式構思，它往往選擇幾個生活畫面排列在一起，集中地、多側面來表現主題。其特色是每個畫面有一定獨立性，而且畫面之間內容大致相等，眉目分明。分而觀之，自成一塊；合而思之，則從不同側面歸趨於主題，整個結構恰如一扇一扇的圖畫屏風並列在一起，顯示出一種整齊規則、均衡勻稱的美。冰心散文《笑》是典型的一例。作品寫了三個畫面：第一個畫面寫室內幽輝中安琪兒的微笑；第二個畫面寫村野古道新月下孩童的微笑；第三個畫面寫海邊月升茅屋門旁老婦人的微笑。三幅畫看起來是各自獨立的，但作者都是巧妙地按照立意把它們剪接在一起，十分和諧自然。

日本現代女作家壺井榮的散文《蒲公英》的布局也屬此類。其畫面有三：先寫作者童年時跟小夥伴們在草原上一面唱著歌盡情奔跑，一面使勁地吹蒲公英的茸毛的情景；次寫在戰爭年代的人們採來蒲公英和其他野菜煮成稀糊充饑的情形；再寫作者如何把院中的蒲公英的茸毛採來吹給小兒子看，並一起唱兒歌的情景。三幅畫面三個時期，看似分散，實則互相依賴。很清楚，畫面均以蒲公英爲線，不同時期的蒲公英都寓示著作者不同的情感，但其根本的趨向又是一致的，即非常自然地表現了作者憎惡戰爭、熱愛和平的思想情感。

由於此種橫式布局有時沒有時間上的關聯，强調意念上的邏輯聯繫，所以並不容易駕馭，要麼失之於牽强生硬，要麼失之於鬆散零亂。當然，如果用得好是最能體現散文結構的散放之美的。

四是兩水並流式，此即所謂雙線結構。

這類作品一般都是沿著兩條線索並行而自然地向前發展，兩條線索或者一明一暗，或者兩條線索均爲明線，互爲映襯，相得益彰。猶如兩水並流，若走若追，情趣盎然；也如雙橋並架，交相輝映，氣勢不凡。這種結構多用於遊記散文，往往在作者的行蹤線索之外，再埋下一條作者內心的情感脈絡線索，將外部聯繫的邏輯性和內在意蘊的深刻性有機地結合起來組織文章。朱自清的《松堂遊記》）正是這種結構的體現。文章從出遊松堂的目的寫起，然後依次寫旅途的情景，最後重點寫了松堂的景致。不難看出，作者是以時間與遊蹤作爲結構的明線來謀篇的。但實質上這還只是一條顯露在外的結構線，此文之所以寫得章法多變而嚴謹，情韻豐沛而協和，關鍵是作品中還有著一條潛在的結構線隱伏著——即作者置身避暑佳境中的閒適、恬靜、愉悅的真情妙趣——這種融情於景，緣情貫景的「兩水並流式」謀篇布局技法，最能體現虛實並舉之美。

也有些作品兩條線索都是明線，如吳伯簫的《歌聲》，一方面以「歌聲」爲明線索組織材料，「從唱歌談起，以唱歌結束的」（吳伯簫語）；另一方面則是作者對延安時代革命精神的熱情讚頌，作者在文章裡說：「延安的歌聲，是革命的歌聲，戰鬥的歌聲，勞動的歌聲，極爲廣泛的羣衆的歌聲。」顯然，這是作爲情感的主旋律來貫穿全文，同樣也是溢於言表的。

五是噴泉擴展式。

噴泉在園林藝術裡不爲少見，它在散文藝術中也得到了形象的再現。其特點是由某一定點（或爲「物」，或爲「事」，或爲一句重要的話等）構成噴頭，然後圍繞它向四周噴灑擴展開來，把天南地北、古今中外的有關材料納入一體，構成文章。

梁遇春的《又是一年春草綠》採用的就是這種結構。開篇點明「噴頭」——「一年四季，我最怕的卻是春天。」接著作者的文思就猶如泉水一樣從「春天」噴灑出來。夏的沈悶，秋的枯燥，冬的寂寞，我都能夠忍受，有時還感到片刻的欣歡。……這些東西跟滿目瘡痍的人也是這麼相稱……可是一看到階前草綠，窗外花紅，我就感到宇宙的不調和……——這是由春天而思及社會、人世的「不調和」。再又從春天的花兒年年卻在墳墓邊開遍，進而論及「宇宙永遠是這樣二元，兩者錯綜起來，就構成了這個雜亂下劣的人世了。」——說明整個宇宙也是矛盾的統一體，流露對「雜亂下劣的人世」的一種無可奈何的情緒。接下來，作者又說：「我是個常帶笑臉的人，雖然心緒凄凄的時候居多。可是，走入人生迷園而不能自拔的我怎麼會有這種的閒情逸致呢！」——這是由春天又思及自己的處境，同樣與春天「不諧和」，充滿了苦悶和矛盾。最後作者又說：「笑渦裡貯著淚珠兒的我活在這個烏雲裡夾閃電，早上彩霞暮雨凄凄的宇宙裡，天人合一，也可以說是無憾了，何必再去尋找那個無限的解釋呢。『滿眼春風百事非』這般就是這般。」——這是因春天與社會人生的「不諧和」再次流露出消極處世的情緒。凡此種種，皆因「春天」引起，淋漓盡致地抒發了作者不滿於舊中國的現實而又無可奈何的複雜心境。關於梁遇春的散文，廢名曾評論說：「他的文思如星珠串天，處處閃眼，然而沒有一個線索，稍縱即逝。」（《淚與笑》序一》，見周冠羣《散文探美》第一三六頁，重慶出版社一九八六年十一月版）這類散文的章法特點，唐弢也曾以「快談縱談放談」評之。（《新文藝的腳印——關於幾位先行者的書話》，見《梁遇春散文選集》第十三頁，百花文藝出版社一九八三年十二月版）「快」、「縱」、「放」以及「星珠串天，處處閃眼」，的確形象地概括了這類散文布局的基本美學風格。

可見，這種「噴泉擴展式」結構最講究作者的聯想，往往打破時空的界限，天地廣闊，容量很大，所以，有人把這種構思方式稱為「輻射聯想式」，秦牧則把它稱之為「滾雪球」的方式，而且秦牧也最擅長此種結構，他的《社稷壇抒情》、《土地》等都是運用這種方式寫出來的。鑑賞這類散文，就好比觀臨春洪漫過堤壩的溢流，活潑恣肆，洶湧澎湃，能給人一種疏密錯綜，自然灑脫的美感。

我們前面說過，散文結構的基本特徵是「精巧別致、錯綜變化」，與園林布局的美學風格是一致的。所以，千姿百態的散文結構就不可能用某幾種形態來概括。我們之所以列舉出如上幾種形態，目的在於幫助散文鑑賞者從整體上把握散文的結構美。從創作的角度而言，如上所述之形式更不能成為作者不變的圭臬。散文結構一旦成為僵死的東西，其結構美也就失去了蓬勃的活力。正如劉勰在《文心雕龍・通變》中所說：「文律運固，日新其業。變則其久，通則不乏。」「變」、「新」，的確是形成散文結構美的兩朵怒放的鮮花，當然也是所有文學形式能夠永遠奔騰向前的不盡的活水！

中編

散文鑑賞的本體分析

本編的目的在要從根本上探討散文鑑賞的本質問題，因為鑑賞是一種細膩的心理活動，其中包括完美人格的誘惑，及鑑賞的心理過程及其規律：感覺、移情、認識等。對於散文這一特殊鑑賞客體，我們會提出特定的審美要求，一將作品當做有機體去玩味，把零散的珍珠連成串，從渾成的角度去鑑賞。其次散文鑑賞的側重點，表現為對於散文情感的玩味。其三是從散文語言中去分析作者的見解，對散文本體作深入的體會，藉以培養包括直覺能力、想像能力、語感能力、移情能力、思索能力和「見異」能力等的散文鑑賞能力。

第三章　散文鑑賞的本質

世界上任何一件事情，如果大家都習以爲常了，往往就只想著如何去做，而我們爲什麼去做？不去做又會怎麼樣呢？等等，這些問題倒是很少有人去認真想過。本章要說的，正是要從根本上闡述一下散文鑑賞的本質問題。

一、散文鑑賞與人格完美

(一)完美人格的誘惑

人類與其他動物的一個顯著區別就是——人是具有人格的，人格是包括人的性格、氣質、能力、修養等特徵的總和。不過，因種種客觀和主觀條件的不同，人與人之間的人格就有了差異。按照美國心理學家亞伯拉罕·馬斯洛博士著名的「需要層次論」的說法，人格的類型共有如下五種：

生存型人格 指生存需要佔優勢的人格，這種人格一生中主要的精力都是用於求生存，即滿足生存需要，因而它是原始社會人的一種普遍人格。

安全型人格 指生存需要得到一定滿足之後而上升到對於秩序和穩定的安全需要，即要求生活進一步有保障，能夠活得更長久的人格，它是奴隸社會的人的普遍人格。

歸屬型人格 對生存和安全需要得到滿足時，其注意力則開始上升到歸屬需要，如渴望與人建立友情，求得理解，要求建立家庭，繁衍後代等，此爲歸屬型人格。它是封建社會的人的普遍人格。

自尊型人格 對上述三種需要有了一定滿足，其注意力又上升到對人的尊嚴、地位、本領、自由等需要的渴求，從而達到實現個人的價值，此爲自尊型人格。它是資本主義社會的人的普遍人格。

自我實現型人格 當人的生存、安全、歸屬、自尊等各種需要得到充分滿足之後，還會出現一種更高層次的自我需要，即渴求自己「變得越來越像人的本來樣子，實現人的全部潛力的欲望。」（費蘭克・戈布爾：《第三思潮：馬斯洛心理學》第四五頁，上海譯文出版社一九九七年版）

誠然，在社會中發展的每一階段並不是只有某一種人格的存在，以上這個劃分是從優勢需要來考慮的，實際上每個社會階段都同時存在著上述五種人格，只是某一種人格處於優勢而已。就一個人而言，也並非生下來就具有某種人格，從初級的生存型人格到高級的自我實現型人格的轉化，這應是每個人畢生追求的人格趨向。

我國古代哲人墨子也說過：「食必常飽，然後求美；衣必常暖，然後求麗；居必常安，然後求樂。」（《附錄・墨子佚文》）這裡的「求美」、「求麗」、「求樂」，就是指人類在滿足生存需要基礎上產生的享受需要、發展需要。此種需要，是隨著人類社會物質生活的不斷進步而逐漸明顯和强烈的。應該說，馬斯洛所提出的第五種自我實現型人格也就是在人的生存、安全、歸屬、自尊等各種需要得到充分滿足之後的一種更高層次的完美人格類型。

㈡完美人格的追求

毋庸置疑，人作爲高級動物，都有一種追求完美人格的自然傾向。然而，完美人格的實現，聯繫到客觀和主觀兩大方面。

客觀方面諸如一定歷史時期的道德、文化、審美以及科技和生產力水平等等，都會直接影響到人格美的實現。比如說，現代文明很多東西是原始人連想也沒有想過的，而原始人作爲「自我實現」的石刀、石斧，對於現代人簡直就是兒戲。毫無疑問，隨著社會生產力的迅速發展，實際上也就是人格的普遍提高，是人的各種潛能的進一步釋放。而且，作爲完美人格——自我實現型人格的內容標準幾乎是與社會同步發展的，較之其他幾種人格更具有時代性。但反過來，一定歷史時期的社會條件又束縛著自我的實現，這在還不能充分滿足人的各種需要的社會裡更是如此。古代很多有志之士講超脫，喜隱居，倒不是他不想得利於社會環境，而是忍受不了壓抑與反壓抑的沈重與痛苦，以至於自我很難充分實現。

主觀方面是指個人本身是否具備完美人格的基本素質，諸如生理的、心理的、智力的等等，而且後天的教養也存在著不同的層次。所以，儘管你的固有潛能都發揮出來了，但很可能是低層次的自我實現。這也就是說，自我實現帶有個人的內容，每個人都有自己的自我實現——他的心理活動和社會實踐活動達到了他力所能及的水平——值得提醒大家的是，人類永遠也不會滿足這種低層次的力所能及的水平，總是竭盡全力突破主觀與客觀的種種限制，去追求一種高層次的自我實現的境界。

那麼，有沒有這樣一個對象能夠使我們暫時逃避來自於客觀和主觀的種種壓抑，從而使自我被壓抑的能量也能自由地散發出來呢？有！散文鑑賞活動（亦包括其他藝術鑑賞活動）就提供了這種可能。因爲人們在鑑賞散文的過程中很快就會忘掉周圍的實用世界而進入到一個獨立自足的理想天地，人們可以擺脫現實中的種種限制，把自己提高到一個不受外力控制的審美自由的境地，從而使自己在充分地審美自由中實現自己，確證自己的價值。

從心理學的角度來認識，散文鑑賞是離不開想像的。想像究竟又是什麼？達爾文說，想像是「人類所擁有最高特權之一」（達爾文：《人類的由來及性選擇》第九十頁，科學出版社一九八二年版）。康德說：「想像力是一個創造性的認識功能；它有本領，能從真正的自然界所呈供的素材裡創造出另一個想像的自然界。」（康德：《判斷力批判》，見《外國理論家作家論形象思維》第三九頁，中國社會科學出版社一九七九年版）類似的論述不可勝引，但他們幾乎都肯定了在想像的天地裡，心靈有很充分的自由，自我潛力可以得到最大限度的發揮。由此，散文鑑賞便爲人格的追求打開了一個全新的世界。請讀鄭振鐸《海燕》中的這一節文字：

海水是皎潔無比的蔚藍色，海波是平穩得如清晨的西湖一樣，偶有微風，只吹起了絕細絕細的千萬個粼粼的小皺紋，這更使照曬於初夏之太陽光之下的、金光燦爛的水面顯得溫秀可喜。我沒有見過那麼美的海！天上也是皎潔無比的蔚藍色，只有幾片薄紗的輕雲，平貼於空中，就如一個女郎，穿了絕美的藍色夏衣，而頸間卻圍繞了一段絕細絕輕的白紗巾。我沒有見過那麼美的天空！我們倚在青色的船欄上，默默的望著這絕美的海天，我們一點雜念也沒有，我們是被沈醉了，我們是被帶入晶天中了。

作者「觀海則意溢於海」（劉勰語），大自然的藝術借助作者的想像在他心中昇華，於是便出現奇蹟——「我們一點雜念也沒有，我們是被沈醉了，我們是被帶入晶天中了。」——自然所顯示出的誘惑，使自我在這種無所約束的藝術想像的全新世界裡獲得了在現實世界裡難以實現的完美人格的契機。和創作者一樣，鑑賞者實際上也同出一種心理機制，會不由自主地爲文中强烈的藝術氣氛所包圍，乍驚乍喜，整個心靈都爲之勾攝，得到一種稱心適意的美感。這種美感，在現實生活中是很難領略到的。不言而喻，現實中的人的個性不可能有這種自由，必須在理性調制下適當地、有節制地使其發展，以適應社會性的生存方式。人在現階段裡只有借助於包括散文在內的藝術，自我的被壓抑的力量才能得到完全實現，這是必然的。

㈢人類永遠需要散文鑑賞

既然散文鑑賞是對被壓抑的心理能量發洩需要的滿足，同時也是我們追求「實現人的全部潛力的欲望」（馬斯洛語）的契機，那麼，人們需要對散文的審美也就成了一種必然的自覺活動。人需要鑑賞散文以及其他藝術幾乎如同人的飲食需要鈣一樣，散文的美感無疑有助於人變得更健康、更完美。

散文鑑賞，從根本上講，屬於一種心理上的情感活動。這種情感活動所產生的審美效應儘管是暫時的、不可兌現的，但的確它是十分寶貴的。散文鑑賞包括其他藝術鑑賞對於調節人的精神狀態，激發人的生活熱情和提高人的精神境界，進而在有限的環境中爭取自由、實現自我，它所起的重要作用顯而易見。

我們是否可以做這樣的假想，一個人成天累月除了吃、排泄以及完成一些日常公務之外，再不去涉獵任何一種藝術，當然也不去鑑賞散文，我是懷疑這樣可以堅持多久。如果誰能做一做這樣的試驗，我想他一定痛苦難熬，煩悶至極。

人是具有情感的動物，有了情感就得借助於一定的載體得以釋放，猶如娘肚子裡懷足了月的嬰兒到時一定要生下來一樣。人的情感有低級情感和高級情感之分，低級情感是指生理機能上的快感，諸如冬日圍爐、炎夏納涼、美餚佳餐等，都會從生理上獲得一種滿足後的快感。雖然這種快感一般動物也同樣具有，但它與人的情感卻有本質差異；因爲人是作爲社會的人而存在，所以人的一切行爲與心理都帶有社會的性質，多多少少都會積澱著一定的社會意識。高級情感則是指精神上的愉悅，它不是由生理機能的需要得到滿足而產生，而是由精神的需要得到滿足而產生的。高級情感不可能像低級情感一樣往往是與生俱來，而是在人類歷史發展過程中產生、並伴隨著本人的高級情感的不斷培養而豐富。顯然，散文鑑賞是屬於人的高級情感活動之一。這裡，我們指出人的情感的這個不同區別，其意義在於：讓人們自覺地意識到，散文鑑賞所獲得的審美效應不是什麼生理快感，它儘管是與生理快感有關係的，但終究是在生理快感的基礎上所出現的精神愉悅與快樂。因此，鑑賞散文，我們切忌不要把美感的最初階段（快感）當作鑑賞的目的，它必須得再往上升，成爲精神上的快適。

當然，散文鑑賞中的這種審美快適還只是一個籠統的說法，並不一定都表現為單純的快適，實際上要複雜得多，常常還摻雜著種種不同的情感因素。諸如我們讀哈．紀伯倫（黎巴嫩）的《睿智的光臨》和讀劉白羽的《新世界的歌》的美感是有差別的，前者令人沈著，後者令人豁達；而讀朱自清的《春》和讀梁遇春的《又是一年春草綠》的美感又迥然有別，前者給人以活潑，後者給人以悲哀，如此等等。但不論愛、悲、怒、喜、懼、恨、惡等，就審美鑑賞的總體感受來講應該是快適的，如果悲、怒、懼、恨、惡等壓倒了快適的因素，這就談不上美感了。散文之所以可以用來作為人們的鑑賞對象，即在於它本身是美的，可以喚起人的美感的，而不是作為人們的悲、怒、懼的對象而存在。否則，又有誰還敢去接近它呢？

是的，散文鑑賞即使帶有令人解放的性質，但它的終極目的，卻不在讓人們只是到這裡來尋求某種自由，或者純粹是追求精神的享受，而在於發展自我，在於實現完美人格的建構。人格的建構是一項複雜的系統工程，但畢竟偏重於個體心理結構的塑造。作為人類高級情感活動之一的散文鑑賞，就正好迎合了這種需要，從而成為人類實現人格建構的重要途徑。這一點，在人類文學鑑賞史的理論與實踐上都得到了充分證明。從孔子的「興觀羣怨」說，到前蘇聯著名教育家蘇霍姆林斯基說的「美，首先是藝術珍品，能培養細緻入微的性格。性格越細緻，人對世界的認識越敏銳，從而對世界的貢獻也越多。」（《給兒子的信》第三九頁，教育科學出版社一九八一年版）等，無不強調了文學鑑賞（包括散文鑑賞）與培養高尚人格的緊密關係。作家楊沫談到文學鑑賞，更是深情地說：「讀起蘇聯的革命小說，漸漸地，我的心情變了；我從憂鬱苦惱變得歡快、活潑；我從滿目的淒涼、污濁中，看到了高尚和光明；我從詛咒憎恨罪惡的人生，變得熱烈並歌頌美好崇高的事業，我終於找到出路了。」（《青春是美好的》、《新文學史料》一九七八年第一期）小說、散文以及其他文學作品對人的這種潛移默化的影響，首先是在每一個鑑賞個體產生審美效應，然後又必然會促進社會羣體建立起和諧、美好的關係，它既改變著人，也改變著社會的精神生活，這就是古人所說的「移風易俗」。

二、散文鑑賞的心理過程及其規律

散文鑑賞是人們在滿足基本的生物性需要之後向更美的精神境界的追求，是一種涉及著多種高級心理功能的複雜的精神活動。

散文鑑賞和人類一切認識活動一樣，自然也是一個由淺入深、回環往復的過程。這個過程，從心理活動的大體走向或總體趨勢來看，可分爲三個階段，即直覺階段——再創造階段——再評價階段。只有經過了這三個階段，才算完成對一個散文作品的鑑賞。當然，這三個階段在具體鑑賞中並不是直線發展，這裡只是爲行文的方便而分開加以描述。

先說直覺階段

所謂直覺，這裡是指鑑賞主體對散文表象的突然領悟與再現，它往往可能是感官觸及對散文表象的不全面的反映，屬於主客體同化的初級形式，但確是我們能夠真正進入散文鑑賞境界的必要預備。心理學上也把這個階段稱爲感知覺。

在直覺階段，最典型的心理特徵是日常意識完全被那些頓悟到的表象所佔住，不但忘記鑑賞對象以外的實用世界，甚至忘記我們自己的存在，把整個心靈寄託在那些孤立絕緣的表象上了。有人說「藝術要擺脫一切然後才能獲得一切」。這裡所揭示的也正是散文鑑賞直覺階段的心理特點，是頗有道理的。正因爲如此，要導致鑑賞的直覺，這正是我們進入鑑賞的契機。在這裡，興趣與注意又是導致直覺的兩個重要心理因素。

要鑑賞散文，必須對散文鑑賞活動本身感到是一種需要，從而引起鑑賞的興趣或愛好，沒有興趣的推動，鑑賞活動的進行幾乎是不可能的，猶如一輛發動機出了故障的汽車一樣。瑞士心理學家皮亞傑說：「需要，作爲需要的結果的興趣，是把『反應變成真正動作的因素』，因此，興趣的規律乃是『整個體系隨之運轉的唯一軸心』。」（教育科學與兒童心理學》第一六二頁，轉引自勞承萬《審美中介論》第一二四頁，上海文藝出版社一九八六年八月版）皮氏在這裡不僅把「興趣」看成是散文鑑賞這一動力過程「隨之運轉的唯一軸心」，而且還是「整個體系隨之運轉」的巨大力量。這是對的。

不過，散文鑑賞的興趣因人而異，它應受到社會歷史條件的制約，各人所處的社會歷史條件不同，職業不同，修養不同等，他們對散文鑑賞的興趣程度就會不一樣，甚至有的可能是全無興趣。興趣不能由別人來勉强，正如今天的青年學習舊體詩一樣，只能靠自己長時間的培養。當然，它與整個社會精神文明的水平是有很大關係的。

有了散文鑑賞的興趣，我們就會主動、自覺地去鑑賞散文。這時，就特別需要發揮「注意」的心理功能，尤其是散文鑑賞更應如此。因爲散文中的表象並不是像繪畫、雕塑、戲劇等直接作用於人的感官，我們對散文表象的直覺只能間接地通過文中的語言來完成。只有集中我們的注意力，對散文的語言做一番仔細的體會，徹底打破文字的疑難，這樣才能踏入散文鑑賞的大門。

我們對散文語言表象的注意，一般來說是無需怎麼努力的，有興趣的人往往是自然發生，不知不覺地進入那種境界，好比是那充滿奇幻想像的《米老鼠與唐老鴨》把小朋友弄得手舞足蹈一樣容易。但有時是有目的而又需要一定的努力，比如受到外界干擾的時候，或是爲某個目的迫使自己閱讀的時候等。據此，注意便又有無意注意和有意注意兩種。這兩種注意，在散文鑑賞中都需要，而且它們常常是可以互相轉化的。不論是哪種注意，重要的是自覺保持注意的穩定性或持久性。如果注意能夠保持較長時間集中於一定的鑑賞對象上，你就會順利地直覺到散文中的表象，獲得一種頓悟的快感。反過來，如果注意極易分散和不穩定，你只是爲了消遣來尋求刺激，漫不經心，那麼即使是再好的作品對你也可能是無動於衷，還談得上什麼保持注意和鑑賞呢？

如果說興趣是起始於需要，那麼注意則是起始於興趣。注意好比是一只强有力的離合器，把鑑賞者從實用的世界拉入到另外一個天地裡去；又好比是一根火柴，是它點燃了鑑賞者平素幾乎處於熄滅狀態的感情之火，喚起一種對美的形象的希冀。

在散文鑑賞的直覺階段，興趣與注意始終是兩個活躍的心理因素，可謂是直覺階段乃至於整個鑑賞過程的原動力，二者與鑑賞需要結合起來，也就形成了散文鑑賞應有的一種態度——審美鑑賞態度。爲醒目起見，我們把這一階段圖式如下：

需要→興趣→注意→直覺與希冀

（需要→興趣→注意：鑑賞態度）

（需要……直覺與希冀：直覺階段（感知覺））

次說再創造階段

一旦我們打通語言關節並獲得了初步的表象直覺之後，很快就會進入再創造階段。所謂再創造，就是通過再造想像等一系列心理機制，對散文語言表象進行完形感知，使散文中所反映的生活情景全部再現出來。因爲這種再現不是猶如翻拍照片一樣的刻板的再現，它是依據鑑賞者本人的知識、經驗和文學修養來進行的，由此再現出來的生活情景並不一定與文中情景完全相同。即使是同一作品，不同的人鑑賞也會再現不同的情景。所以，我們把這個階段稱之爲再創造階段，心理學上把這一階段則稱之爲理解。

再創造階段是散文鑑賞的主體階段，沒有這個階段，單靠表象的直覺就是不完整的、不可靠的消極鑑賞，也無法探求到作品所反映的生活本質，同時更不可能對作品進行公正、客觀的再評價了。

在這個階段，有兩個突出的心理特徵：一是表象的分解與完形；二是與作者情感的共鳴，即異質同化或同構。特別是表象的自覺運動在這個階段又最爲活躍，它貫穿於這個階段，甚至於整個散文鑑賞過程都是不能離開的。

直覺階段是散文表象與鑑賞主體的記憶表象的突然吻合與溝通。這裡强調的是鑑賞主體對直覺表象的分解與完形，即通過直覺表象的自覺運動，使它們相互之間建立起一種聯繫，構成完美的意境。下面要說的最後一個階段也同樣得依靠我們對表象的理解去進行再評價。實際上，散文作者進行創作，也就是把生活中的表象加以選擇、想像和加工並藝術地再現出來，那麼我們鑑賞散文也正是一種與滲透著作者情感的藝術表象的交流。

由於直覺表象是不完整的和不可靠的，所以要完成作品情景的全部再現，就需要我們對那些直覺到的不完整和不可靠的表象加以分解與完形，好比是把拆開的機器零部件加以分類，然後再按設計者的構思意圖，遵循生活規律邏輯，進行重新組裝，使原來的各種直覺表象構成具有審美意味的知覺完形，從而達到我們對散文作品的深層把握與理解。

伴隨著表象的分解與完形的逐層深入，其心理機制大致依次表現爲回憶與再認、想像與聯想、移情與共鳴等幾個方面。

文中表象之所以能夠歷歷在目地再現在我們面前，首先在於回憶與再認的作用，也就是把我們已經經歷過的那些與之相對應的生活表象回憶出來，並與文中表象進行比較與再認。這時我們才會覺得文中表象的親切可靠，並自然而然地把它們在頭腦中再現出來。比如瑞士籍的德國作家海塞的散文《農家》，寫的是作者在第一次世界大戰的劫難中，返歸阿爾卑斯山南麓的村莊時所見到的農家情景。文章一開始就寫道：「當我重新見到阿爾卑斯山南麓這塊福地時，我彷彿總覺得自己從流亡中回到了故鄉，彷彿終於又站在我理應站的山的那一邊。」作者面對異鄉環境，不禁產生一種「從流亡之中回到故鄉」的親切感，這是作者創作時的回憶與再認，但這種親切感也感染著讀者，不由自主地隨著作者的筆觸，身臨其境地回到我們想像之中的農家之中去：

這裡是貧窮農民居住的一個田莊。他們沒有牛，只有豬、羊和雞，他們種植葡萄、玉米、果樹和蔬菜。這所房屋全部是石頭砌成的，連地板和樓梯也是，兩根石柱間一道鑿成的石級通往場院。不論在哪裡，植物和山頭之間，都浮現出藍色的湖光。

一位來自湘西的朋友告訴我，當他讀到這裡時，彷彿就回到了家鄉的農舍之中，周圍是葡萄、玉米、果樹和蔬菜，院垻裡跑動著豬、雞、羊羣，還以爲作者到過他的家鄉呢！看來，這位朋友是進入了散文鑑賞的角色的，這與他對過去生活表象的回憶與再認顯然有很大關係。

我們鑑賞散文，通過感官所直接感知的不是形象實體本身，而是語言文字，這就要求我們還必須具有一種很好的想像力，同時更重要的是需要憑藉它將直覺到的表象完形。否則，直覺到的表象不過就是孤立而沒有意味的生活物象而已，就好比一些零散的珍珠缺少了串兒。

想像與聯想，心理學上說，就是一個以記憶表象爲材料，通過分析與組合，創造新形象的過程。這也就告訴我們，想像與聯想是我們完形直覺表象或對散文表象進行再創造的有力手段。這種與想像與聯想，產生於我們對散文表象的直覺與理解，同時它們又依據我們記憶中的生活表象反過來映證散文表象，從而加深對散文表象的感受與理解。

散文鑑賞中的想像與聯想，按其內容的新穎性、獨立性和創造性的不同，還可分爲再現想像和再造想像兩類。再現想像是根據文中表象在頭腦中再基本按原樣呈現出這種表象。我們知道，古生物學者發現一個獸類的牙齒或脊椎，便能推測出它的頭角該有多大，身體軀幹該有多長。再現想像與此相似，帶有還原的意思。再造想像則是不受文中表象的束縛，而把它只當成想像的客觀依據，獨立地創造性地想像出新的表象或情景。這兩種想像在散文鑑賞的再創造階段都同等重要。如果說，鑑賞主體不能根據散文表象想像出各種表象的逼真的情景，不能復活散文表象，因而也就不可能有散文鑑賞活動。但是，如果鑑賞者只是被動地想像出散文中的情景，不能以自己的經驗、情感、修養去豐富、補充和擴展散文表象，那這樣的鑑賞就如同小孩練字「描紅」一樣，是低級的鑑賞。所以，積極的鑑賞總是把再現想像與再造想像結合起來運用。

當然，散文鑑賞中的想像與聯想，也不是說可以像天馬行空一樣地可以放縱不羈、漫無邊際地進行。一方面，它應受制於散文中的表象，一切應以此爲出發點，好比是一只淩空飛動的風箏，飛得再高再遠總有一根線繫在小孩的手指上；另一方面，它也受制於鑑賞者頭腦中的記憶表象。如果說，在你的頭腦中儲存的記憶表象的信息愈多，也就愈能產生豐富、新穎的藝術想像與聯想；反過來便會顯得枯竭阻塞，對散文表象的理解產生一定隔膜。

在表象的分解與完形的想像活動中，鑑賞主體的情感滲透最不能忽視。心理學上說，情感是人對客觀事物的一種態度，那麼，作者創作散文自然要表現出他對生活的褒貶，散文表象必然是浸透著情感的。同樣，我們鑑賞散文或與作者進行表象交流也就不可能拋棄了情感，需要把自己的性格與情趣灌注到散文表象之中去。鑑賞主體的這一心理特點，也就是人們平常所講的「移情」。譬如我們讀郭沫若的散文《鷺鷥》，如果我們只是不動聲色地去再現「鷺鷥」的雪白的蓑毛、鐵色的長喙、青色的脚等這些表象，鑑賞就會顯得十分乾癟蒼白。只有我們鷺鷥的外在美與內在美想到人，才會覺得鷺鷥簡直就是質樸勤勞的形象化，是勞動人民「生命」的象徵。顯然，這裡是滲透了我們濃厚的情感色彩的。也只有如此，我們的情報與作者的情報才有可能開始往復回流，進而出現共鳴的心理效應。心理學上還認爲，情感具有「感染性」的特徵。所謂「感染性」就是以情動情，最明顯的表現就是共鳴或同化心態的反映，而且可能超越時空的界限。到這時，散文鑑賞的再創造階段也就基本結束了。這個階段可圖示如下：

回憶與再認→想像與聯想→移情與共鳴

（表象的分解與完形）

再創造階段（理解）

最後說再評價階段

由再創造所產生的必然的直接的心理效應——共鳴。這是我們在理解並完形散文表象之後的一種特有的心心相印的心境，當然遠遠不是整個過程的結束。這時，我們都會很快意識到：作者的情感態度是否合乎美的普遍規律？於是，我們不得不從「共鳴」的心境中跳出來，對作者在作品中已經評價過的生活進行重新審視與掃描，從更高的美學標準做出我們的判斷。那麼，這時散文鑑賞便進入了最後的再評價階段。心理學上把這個階段稱之爲認識。

特別要指出的是，這裡的認識並不同於哲學上的認識。哲學上的認識離不開概念的推理，或從個別事物歸納出一般概念，或從一般概念推衍到個別事物之中去。總之，它都與概念聯繫著。而散文鑑賞中的認識過程卻始終是伴隨著形象思維的，因爲我們鑑賞散文實際上是一種表象的交流，文中所寫美與不美，我們頭腦裡預先並不能也沒有一個主觀的美的概念去硬套在鑑賞對象上。我們覺得某個作品美，一方面決定於這個作品本身獨特的藝術表現，另一方面決定於鑑賞主體在長久的鑑賞情趣經驗中積澱成的複雜的、由衆多穩定的暫時神經聯繫所構成的組織、强化、調節、改變、判斷情感的心理結構。一切歸納與演繹的哲學認識方法在我們具體鑑賞認識某個作品時都是遠遠不夠的。

作爲鑑賞主體的這種心理結構，要了解它我想應把握這樣三個特點：⑴它是積澱著鑑賞主體情感經驗的一種特殊的認識結構；⑵它是很難訴之於言語或意識的，而僅僅依據著鑑賞主體的情感經驗的結果；⑶它的活動過程是在情感活動中不斷進行著的「組織」與「强化」、「同化」與「調節」、「改變」與「判斷」的心理過程。總之，它是鑑賞主體通過鑑賞情感經驗去發現和判斷對象的藝術價值的一種特殊的心理結構。當然，要發現和判斷對象的藝術價值就會涉及到標準問題，這個標準也只能以無意識積澱的鑑賞經驗爲依據，並在理智協調下逐漸完善和趨於穩定的一種無形的鑑賞標準，任何概念式的死板的標準，對於散文鑑賞來說我們以爲都是不合適的。否則，散文鑑賞也便成了蹩腳的數學說明。

在這個特定的認識階段，主要的心理機制仍然是理解，不過它已不像在前面兩個階段那樣帶著强烈的情感躍動了，而側重在爲主觀的理智所管束。這時，鑑賞者會調動自己對生活的一切有關的記憶表象，並按照自己的鑑賞心理結構來發現和判斷作品的美與醜，分析作品的情感態度如何等，並做出自己的明確評價。其結果當然是前面兩個階段的深化，或完全接受作者在作品裡的情感態度，作品表象與鑑賞者的記憶表象再次擁抱，達到了十分融洽的境界，如嚼橄欖，回味無窮；或部分接受作者在作品裡的情感態度，有時也可能改變前面直觀欣賞的印象，愈來愈感覺到作品表象的淺陋或不真實，如吃甘蔗，先甜後淡，最後只剩下一團渣滓欲吐方快。這就是積極的鑑賞，這也才能算得上我們真正理解了這篇散文。同時，我們也只有完成了散文鑑賞的這一最後過程，也才有可能獲得一種真正的稱心如意的鑑賞愉悅與快感！

至於具體如何進行再評價，這主要從如下三個方面考慮：一看文中表象是否符合藝術的真實；二看作者滲透在文中表象裡的情感態度是否正確；三看散文藝術表現的方法是否獨特。實際上，這三方面在散文中是不可分割的整體，只有我們具體評價的時候可從這樣幾個側面去理解。

誠然，散文鑑賞的確也是完全可以各取所需、各喜其好的。因而也有許多人把與散文作者的情感共鳴作爲鑑賞心理的最終效應，殊不知這是最誤人的，尤其是鑑賞古代作品更是如此。因我們今天的世界觀，以及生活、知識結構與古人已經有很大的不同，我們既有可能歷史地去理解、評價古人的作品，也應該站在我們今天的認識高度，去積極地鑑賞古人的作品。作爲一個真正的作家，不論是古代的還是現當代的，他們的創作思想都是站在那個或這個時代的前面的，而我們今天鑑賞他們的作品，總是不敢越雷池一步，甚至還老是向後看，力求與古人的思想保持一致，或者滿足於共鳴，這樣的鑑賞又有什麼益處呢？又談得上什麼真正的愉悅與快感呢？而我們又何苦還要去鑑賞散文呢？

再評價階段，其圖示是

再理解→鑑賞的愉悅與快感

再評價階段（認識）

以上，我們對散文鑑賞的心理過程及其規律做了一個大致的掃描。由於目前心理學本身還不夠成熟，所以我們就不能像描述數學方程式那樣地做出更具體和更科學的說明，只能做這種粗淺線條的現象上的描繪。

第四章　散文鑑賞的審美要求

散文鑑賞是人類審美活動中的一個重要分支，現有的一般審美規律——諸如感覺、知覺、認識、移情、聯想等，對於散文鑑賞都是適用的，這些我們不再説它。問題是，散文作爲一種「美文」，作爲一種特定的文學體裁，這一特殊的鑑賞客體對於我們是否提出了一些特定的審美要求？它與一般的審美鑑賞甚至是其他種類的文學鑑賞是否一樣？如果有區別，那麼散文鑑賞究竟又有哪一些特殊的審美要求呢？

一、把零散的珍珠連成串兒

在古印度佛經《六度集經》中有一則「瞎子摸象」的故事，講很早以前有位國王，爲教育自己臣民的目光短淺，一天叫人找來很多瞎子，讓他們摸象，然後問道：「象何類乎？」於是，持足者說：「象如臼。」持尾者說：「如繩。」持耳者說：「如簸箕。」持頭者說：「如魁。」持牙者說：「如蘿菔根。」持鼻者說：「如大索。」持腹者說：「如甕。」持脅者說：「如壁。」持背者說：「如高機」……國王聽了他們的回答，大爲感嘆地說：「今爲無眼曹，空淨自謂諦；睹一云餘非，坐一象相怨。」（參見《佛經故事選》第一五八頁，重慶出版社一九八五年九月版）故事看來很淺顯，但寓意所指非常深刻，實際上它是辛辣地諷刺了人們在認識過程中的那種形而下學的片面性。

在談散文鑑賞的要求之前，我們重新溫習一下這個佛經故事很有必要。衆所周知，散文是一種輕鬆自由的文體，雖然我們不同意散文都是「形散」的，但散文筆法的輕鬆自然，題材處理的片斷性，這卻是其他文學體裁所遠遠不及的。關於這一點，古今中外的散文大家們都有所論及。印度著名作家泰戈爾，在給他朋友的一封信裡說過，散文像漲大的潮水，淹沒了沼澤兩岸，一片散漫。蘇軾在稱讚謝民師之文時，也曾指出散文應該「大略如行雲流水，初無定質，但常行於所當行，常止於所不可不止，文理自然，姿態橫生。」（《答謝民師書》）。李廣田說：「好的散文，它的本質是散的，但也須具有詩的圓滿，完整如珍珠；也具有小說的嚴密，緊湊如建築。」（《談散文》，引自李光連《散文技巧》第五十六頁，中國青年出版社一九九二年版）散文的這一特點，對於散文鑑賞而言自然不能忽視。

散文的「散」，本質是講散文作者抒情達意，不講究叶韻，可以自由揮灑；不受格律限制，可以從容漫筆。到後來，人們卻對「散」字的理解有所放寬，多指散文的取材靈活、廣泛，章法富有變化，不守一格等等，把這些也作爲散文的特徵來理解，顯然就不那麼恰當了。但不管怎樣說，散文要比其他文學體裁來得輕鬆，來得靈活。特別是，散文題材的片斷性，這對於散文鑑賞是要給予充分注意的。即使是記人敍事的散文，在題材的處理上也不能像小說那樣講究完整，而往往是截取事件的多個片斷來加以表現。至於抒情散文，其題材的片斷性就更加突出了。從這一點來說，散文確比其他體裁的作品在形式上要「散」些，表現更自由些，一般不像戲劇、小說那樣把一件件零散的材料嚴密地組織在一起，構成完整的情節。這樣，也就很容易導致散文鑑賞不是從整體的角度去領會，很有可能離開整體去孤立地欣賞其中某個片斷、某一局部，猶如「瞎子摸象」一樣，摸到大象的腿，就以爲是漆筒；摸到大象的尾，就以爲是掃帚……如此只顧一點的散文鑑賞顯然是最誤人的。

冰心的散文《笑》，完全是由看似毫不相干的三幅「笑」的畫面構成，其中第二幅畫面寫道：

> 嚴閉的心幕，慢慢地拉開了，湧出五年前的一個印象。——一條很長的古道。驢腳下的泥，兀自滑滑的。田溝裡的水，潺潺的流著。近村的綠樹，都籠在濕煙裡。弓兒似的新月，掛在樹梢。一邊走著，似乎道旁有一個孩子，抱著一堆燦白的東西。驢兒過去了，無意中回頭一看。——他抱著花兒，赤著腳兒，向著我微微的笑。

孤立地欣賞這一節文字，它表達的不正是作者對這個孩子的思念嗎？但作者的用意是否就僅在於此呢？顯然不是。聯繫全文，原來作者是通過這笑的渲染與回憶，用以抒發她充滿著抽象人性的「泛愛」的思想感情。全文三幅畫面，各自獨立，但又以「笑」的內涵互爲溝通，互爲襯托，相得益彰。如果把其中任何一幅畫面孤立開來，便難以探索到作品的意蘊，同時也失去渾成的整體之美。

這就正如光彩照人的珍珠項鏈一樣，離開了一顆一顆的珍珠串綴，自然談不上項鏈之美；但一顆一顆的珍珠分散開來，項鏈藝術的魅力也就不復存在了。散文之美，正是顯現於由很多個生活片斷組成的有機整體的「項鏈」上。因此，散文鑑賞就要求我們把作品當作有機整體去玩味，把零散的珍珠連成「串兒」，從渾成的角度去鑑賞。

西方古代哲人亞里士多德在《政治學》中有句名言：「美與不美，藝術作品與現實事物的分別就在於：在美的東西和藝術作品裡，原來零散的因素結合成爲一體。」（轉引自楊昌江《朱自清的散文藝術》第六十四頁，北京出版社一九八三年三月版）它告訴我們，藝術是以社會生活的整體作爲反映對象的，形象的完整性，是藝術作品的一個特點。這個特點在散文裡又更爲突出地表現了出來，由此決定了散文鑑賞必須做到胸有全局，目有全像。一幅畫面、一段回憶、一個細節，甚至哪怕是幾行看似「閑話」的「閑筆」等，都只有放到散文藝術的整體中去理解、去鑑賞。

龔自珍有篇著名散文題爲《記王隱君》，主要是記敍一位姓王的隱君子的事迹，但文末卻以這樣幾句看似莫名其妙的話結束：

橋外大小兩樹，依倚立，一杏，一烏桕。

這雖然是寫隱君住處的景物，但如此結尾彷彿實在是有些游離於正文了。孤立看起來，的確叫人摸不著頭腦，而一旦聯繫全文稍作思考，便會覺得有奇趣。一方面，杏樹、烏桕樹，兩兩相依相生，獨立自在，不禁使人感到隱士住處的幽邈自然；另一方面，文中還提到一個不平常的人，即王老者，所謂「大小兩樹，依倚立」云云，也許就是作爲他們並耕偕隱的象徵吧？看來，這樣的「閑筆」，也就並不是與主題無關的無用之筆了，而應是散文的一種特別的技巧。

當然，我們强調要用整體的觀點去鑑賞散文，但也不是說散文鑑賞就是要排斥對某個部分、某個細節的深入理解了。整體與部分，總是辯證統一。了解了部分，也就能更好地鑑賞整體；理解了整體，又能更深入地鑑賞部分。但不論是從哪個方面去鑑賞，都應是在散文藝術的整體基礎上來進行的。

二、明確散文鑑賞的側重點

古人云：「文以情動人。」散文講究情感之美，這在諸種文學模式中是突出的。從鑑賞的角度而言，如果詩歌鑑賞是側重於意境的感悟，小說鑑賞是側重於人物形象的把握，那麼散文鑑賞的側重點則很明顯地表現爲對於散文情感的玩味。

散文的情感，說穿了也就是散文的立意。對散文創作而言，散文既沒有小說曲折生動的故事，也沒有詩歌的音樂節奏，它只是用描繪某種風物，敍寫某一事件，闡述某種哲理，來感染人們的情緒或啓迪思想，而且選材上的片斷性，就更要求講究立意。唐代詩人杜牧在《答莊充書》中談到散文的寫作時曾說：

> 凡為文以意為主，以氣為輔，以辭彩章句為之兵衛。……苟意不先立，止以文彩辭句繞前捧後，是言愈多而理愈亂，如入闤闠，紛紛然莫知其誰，暮散而已。是以意全勝者，辭愈樸而文愈高；意不勝者，辭愈高而愈鄙。是意能遣辭，辭不能成意。大抵為文之旨如此。

因此，在基本了解散文內容，把握了它的基本結構之後，就應該反復品味作者滲透在人、事、物、景中的情意、感受和態度。

再者，散文的情感美在敍事散文、抒情散文和議論散文中又有一些細微的差別，這樣在鑑賞時其側重點應有具體不同。

敍事散文，重在記人敍事，鑑賞時就要從分析人物、事件入手，發掘包孕在字裡行間的意趣。魯迅先生的《范愛農》，筆下范愛農的形象就無不充滿著意趣。作者精心地選擇了他在辛亥革命前、革命中和革命後的有關生活片斷，在敍述中結合適當的議論，沒有華麗的渲染，只是如實地把他的語言、表情、動作樸實地寫下來，就把范愛農的耿直、剛正、與衆不同的性格表現了出來。特別是，作者對亡友范愛農本是滿懷友情的，但文章一開始卻對范愛農大加貶抑。甚至認爲：「天下可惡的人，當初以爲是滿人，這時才知道還在其次；第一倒是范愛農。中國不革命則已，要革命，首先就必須將范愛農除去。」爲什麼這樣寫呢？原來作者在這裡是運用了欲揚先抑的手法，從作者對范愛農的最初印象——誤解寫起，然後隨著他們的長期了解，作者對范愛農的態度也漸漸改變。這樣，不僅使作者筆下的人物顯得更爲真實，讀者在這對人物敍寫的起伏變化之中也具體地領略到了文章的意蘊和趣味。

魯迅先生的《范愛農》，代表了敍事散文情感抒發的一種類型，多以曲折變化、起伏跌宕爲特徵。除此之外，還有一點我們也要看到，敍事散文的抒情性還多從敍事的細微婉轉中表現出來。

例如郁達夫的《一個人在途上》，作者所抒發的是對幼子夭折的哀傷之情，即借助於「哀腸寸斷」的入微的筆觸，盡情敍寫了難忘的往事和由此引起的種種感傷。請看這段寫龍兒病倒後對「我」的思念：

……平時被我們寵壞了的他，聽說此番病裡，卻乖順得非常。叫他吃藥，就大口的吃，叫他用冰枕，他就柔順的躺上。病後還能說話的時候，只問他的娘：「爸爸幾時回來？」「爸爸在上海為我定做的小皮鞋，已經做好了沒有？」我的女人，於惑亂之餘，每幽幽地問他：「龍！你曉得你這場病，會不會死的？」他老是很不願意的回答說：「那兒會死的哩！」據女人含淚的告訴我說，他的談吐，絕不似一個五歲的小兒。

再如寫「我」和龍兒打棗的歡樂往事和所引起的今日的傷痛一節：

院子裡有一架葡萄樹，兩棵棗樹，去年採取葡萄、棗子的時候，他站在樹下，兜起了大襟，仰立在看樹上的我。我摘取一顆，丟入了他的大襟兜裡，他的哄笑聲，要繼續到三五分鐘。今年這兩顆棗樹，結滿了青青的棗子，風起的半夜裡，老有熟極的棗子辭樹自落。女人和我，睡在牀上，有時候且哭且談，總要到更深人靜，方能入睡。在這樣的幽幽的談話中間，更怕聽的，就是這滴答的墜柬之聲。

作者深沈的情感，完全是通過這些哀婉入微的敍寫表達的。我們鑑賞這樣的敍事散文，也就得遵循這曲折婉轉的思路，才有可能感受到作者複雜的思考過程和情感搏動。

抒情散文，重在寫景狀物，抒發情感，鑑賞時就要抓住文章中的畫面、物象以及作者情感的潛流，探尋作者隱含在其中的情趣，請讀水上勉（日）《京都四季》中的這個片斷：

……獨自漫步時，我就讓這含有無限情趣的京都的風吹拂著自己的肌膚，像傻瓜一般徘徊著。時而撞見一對外國老夫婦，在我前面蹣跚而行。我們一前一後地走著，那對老夫婦在毫無特色的馬路背蔭處止住步子。這當兒，我隔著旅館的窗戶瞥見過的那種驟雨襲來了。我和那對外國人冒雨跑去，找個樹蔭躲避起來，但我們彼此不曾說過話。

作者好似漫不經心地攝取了自己和一對外國老夫婦在一起避雨的情景，便把自己對東京的熱愛之情透過這活潑有趣的畫面表達了出來，抒情自然，文思蕩漾，可以喚起讀者許多景象之外的聯想。情感在其中，趣味也在其中了。再讀謝大光《鼎湖山聽泉》中描寫鼎湖山泉水的一段文字：

山間林密，泉隱其中，有時，泉水在林木疏朗處閃過亮亮的一泓，再向前尋，已不可得。那半含半露，欲近故遠的嬌態，使我想起在家散步時，常常繞我膝下的愛女。每見我伸手欲攬其近前，她必遠遠地跑開，仰起笑臉逗我；待我佯作冷淡而不顧，她卻又悄悄地跑近，偎我腰間。好一個調皮的孩子！

作者把沒有情感的泉水虛擬爲有情感的「愛女」，趣味即蘊蓄在這實與虛之中，令人在接受深沈細膩的情感之時而久久回味。在這裡，作者又是借助藝術的想像來達到這一效果的。

抒情散文的情感，總是借助於一定的場景和事件寫出，從而便會使讀者感受到作者具體的情致。不僅如此，作者所寄托的情感還常常是別具特色的，帶有明顯的藝術個性。比如有一篇《水泉之歌》的散文，同樣是寫泉水，就不同於《鼎湖山聽泉》的構思。它是從「泉眼無聲」上尋找感情抒發的突破口，讚美泉水「緘默」的品質、無私的精神。泉水無時無刻不以自己「甘甜的奶汁」，「沸騰的血液」，「給旅人捧一汪碧水悠悠的綠潭」，「給鳥兒披一身搏擊風雲的翎箭」，「給草木拓一片葱籠如織的青園」，「給種籽一個流金溢彩的秋天」。它「默默地擁抱著芸芸生命的時間和空間，默默地哺育著莽莽塵世的繁榮和久遠，默默地不惜自己微塵一樣的氣息，默默地不懼自己粉末一樣的葬殮。」這種「潤物細無聲，無止無休時」的「緘默」的理想，正是作者要著力歌頌的偉大的人類感情。這種感情，通過人格化的泉水寫出，不僅顯得貼切生動，也以其不落俗套的構思感染著讀者。所以，鑑賞抒情散文，我們還得要努力發現作品情感的藝術個性。

議論散文，重在闡明事理，表達作者的態度與見解，鑑賞時就得要力求理清行文的邏輯層次，把握作者的主張，從而細細咀嚼深藏在文中的理趣。以秦牧的《鬣狗的風格》爲例，本文是通過對鬣狗的模樣、行藏的風格來寓事明理的。文章先從《狂人日記》中談到的「只會吃死肉」的鬣狗的傳聞說起，再談到在公園裡親自看到的現實中的鬣狗——不僅外貌「猥瑣難看」，而且專愛嚼食那猛獸飽餐後餘下的屍體，肉和骨都一齊吃掉——接著又引用傑克・倫敦的一個短篇小說的故事中吃人肉的凶惡的傢伙打比方，加强鬣狗的形象刻畫。文章通過如此多方面的層層剖析與議論，形象地告誡人們：貪婪殘忍的鬣狗固然可惡，但生活中鬣狗似的人物更值得人們警惕，他們的罪惡行徑同樣「不過是爲了『分一杯羹』，舐一點人骨頭的碎骨肉屑，踐踏一切原則，在所不惜罷了。」寓理於情，寓理於趣，寓理於形象之中，讀後不禁令人豁然開朗。

一般而言，議論散文中的這種理趣、情趣，都是通過某一事物的點化或滲透來表現的，當然，也有一部分議論散文則是採取直射法。所謂直射法，亦即直抒胸臆，將富有理趣的情感熱流，直接從胸中噴射出來，不借助敘述故事、描寫景物作間接體現，具有筆先藏鋒，犀利逼人，縱橫剖析，痛快淋漓的美感。魯迅先生的不少散文，就是運用此法的典範，這裡不再細述。

綜上所說，品味散文的情感美，實際上也就是品味那蘊含在散文中的意趣、情趣和理趣。情與趣在散文裡總是緊緊地結合在一起，趣中包含著情，有情才能筆下產生趣味。讀完一篇散文，我們覺得有味道，這便是趣味與情感的魅力，覺得沒有味道，大半是因爲情感枯竭，趣味貧乏，經不起品評。

味道只有在反覆的咀嚼、品嘗之中見出，囫圇吞棗，狼吞虎嚥，像豬八戒吃人參果一樣是不能知其味的。朱自清談到散文家應該如何觀察事物時說：「必要拆開來看，拆穿來看，無論錙銖之別，淄澠之辨，總要看出而後已。正如顯微鏡一樣。這樣可以辨出許多新異的滋味，乃是他的獨得的祕密。」（朱自清《山野掇拾》）朱先生這裡雖講的是散文家如何觀察事物的奧祕，但實際上不也是正好揭示了散文鑑賞的一個奧秘嗎？要想充分地品味散文的情感趣味之美，也應「拆開來看」，「拆穿來看」，細咀慢嚥，如此才能「辨出許多新異的滋味」。

三、注意對散文語言的賞析

談到散文語言，我們有必要再看看高爾基的這段名言：「文學的第一要素是語言。語言是文學的主要工具，它和各種事實、生活形象一起，構成了文學的材料。民間有一個最聰明的謎語確定了語言的意義，謎語說：「不是蜜，但是可以粘東西。」因此可以肯定說：「世界上沒有一件東西是叫不出名字來的。語言是一切事實和思想的外衣。可是事實後面隱藏著它的社會意義，每種思想都包含著原因：爲什麼某種思想正是這樣的，而不是那樣的。藝術作品的目的是充分而鮮明地描寫事實裡面所隱藏的社會生活的重大意義，所以必須有明確的語言和精選的字眼。」（高爾基：《和青年作者談話》，《文學論文選》第二九四頁，人民文學出版社一九五八年版）

語言所以是文學的「第一要素」，也就是因爲文學是語言的藝術。一切文章必須通過語言表達出來，如同繪畫要靠色彩線條，音樂要靠音響節奏一樣，沒有語言，也就無所謂文章。更何況，在幾種文學體裁中，散文語言又應是獨具特色的一種。我們常說的「散文筆調」、「散文筆法」等，實際上不正是肯定了散文語言的特殊效果嗎？因此，鑑賞散文，我們就沒有理由可以忽視對散文語言的賞析。如果對散文的語言藝術有了自己獨到的理解，反過來也可以促進對散文思想內容的深入體會。

賞析散文的語言，可以從這樣幾個方面去考慮：

一是語言的親切感與錯綜美。

散文語言也講究一字一詞的推敲，有些作品之所以生動感人，往往得力於作者對語言的具體錘煉。請讀德富蘆花《相模灘夕照》中的這段描寫：

……天邊燃燒著的朱黃色的火焰，逐漸擴展到整個西天。一秒又一秒，一分又一分，照耀著，照耀著，彷彿已經達到了極點。天空劇烈燃燒，像石榴花般明麗的火焰，燒遍了天空、大地、海洋……

雲被燒得消散了。富士諸山盡帶絳紫色。抬眼仰望，西天宛如半面碩大的軍旗……恰似地心童失了火，巨大的烈焰向著天心衝騰而起，火焰燭天。大海也彷彿燃燒起來，無數的水族生物也許會受驚而死。

過了十分鐘光景，滿天的黃焰燃燒成了一片血紅色，鬼氣森森而襲人。又過了五分鐘，血紅色變成黯淡的黑紅色。看著看著，光焰漸漸消退，一場夢醒，天地俄然變得幽暗起來。

顯然，這段關於夕陽落山的描繪是特別精彩的。乍一看來，它無非也是使用平常語來敍寫，平實道來，但仔細一琢磨，其遣詞用語都是頗爲考究。特別是，作者有意選用了一些富有色彩性的詞語，如「朱黃色」、「石榴花般」、「絳紫色」、「血紅色」、「黑紅色」、「幽暗」等，使得十分平常的「夕照」充滿了明麗鮮亮、雲霞閃爍、五色幻彩、斑斕奪目的神奇之美。再加上作者還大量運用比喻、擬人等修辭手法，以及句式的長短交錯，讀起來味道就不一樣了。

是的，散文語言與我們平常說話的語言似乎沒有什麼不同，實際上又有很大差別，散文語言特別注意修辭與句式的安排，駢偶句、排比句、比喻等各種修辭、句式技巧應有盡有，加上句式長短相間，散放與齊整錯落有致，散文語言便具有了一種別具風味的親切之感，又有一種略帶修飾的文采之美。

二是注意玩味散文語言的音樂節奏。

散文語言的音樂美，歷來人們重視不夠。實際上，散文之美，其要求非止一端，「命意、立格、行氣、遣詞，理充於中，聲振於外，數者一有不足則文病矣。」（姚鼐《與陳碩士書》）已經出了幾本散文集的賈平凹在談到散文的這一語言特點時，他說：「如果懂得音樂那就更好了。我喜歡地方戲曲的民歌，我不大識譜，拿耳朵細細聽，將某些曲調以1、2、3、4、5、6、7、i線條形式連接在方格上，然後分析它的節奏變化，這樣可悟出許多東西。」（《怎樣寫好散文》，見《文學報》一九八四年四月五日）由此看來，我們鑑賞散文，就不能忽視了作者在音樂節奏方面的苦心。如何欣賞散文語言的音樂節奏之美呢？我以爲也就是要牢牢把握住音樂美在散文中的獨特表現。大家知道，音樂的特徵是「通過有組織的樂音所形成的藝術形象，表達人們的思想感情，反映社會現實生活」，「其基本表現手段爲旋律和節奏」。所以，散文的音樂美，指的應是作者借助音樂的「旋律和節奏」，用之於散文而表現出的起伏抑揚、語調流轉、音節變化、和諧優美的情調。這一點，我們在鑑賞時要注意細加分析。

三是注意發現作者運用語言的獨特風格。

語言風格並不一定人人都有，它應是一個合成熟作家的獨特標誌之一，鑑賞時同樣不能忽視。例如巴金散文的細膩纏綿，朱自清散文的自然淳美，冰心散文的清婉明麗等，這一切都值得細賞。

當然，散文的語言風格是一種綜合性的抽象概括，它指的是在作品中所表現出的情調、韻味、筆調或筆致，是作者從創作內容到形式的一般特徵，從創作思想到表現手段和技巧的特性的總和。不過，儘管風格的表現形式是多方面的，但最終還得借助一定的語言形式固定下來，所以，從語言的角度分析鑑賞散文的風格，就應該是一條必由的途徑。例如，郁達夫是這樣分析魯迅和周作人的散文語言風格的：

魯迅的文體簡練得像一把匕首，能以寸鐵殺人，一刀見血。重要之點，抓住了之後，只消三言兩語就可以把主題道破——這是魯迅作文的祕訣，詳細見《兩地書》中批評景宋女士《駁覆校中當局》一文語中——次要之點，或者也一樣重要，但不能使敵人致命之點，他是一概輕輕放過，由它去而不問的。與此相反，周作人的文體，又來得舒徐自在，信筆所至，初看似乎散漫支離，過於繁瑣！但仔細一讀，卻覺得他的漫談，句句含有分量，一篇之中，少一句就不對，一句之中，易一字也不可，讀完之後，還想翻轉來從頭再讀的。當然這是指他以前的散文而說，近幾年來，一變而為枯澀蒼老，爐火純青，歸入古雅遒勁的一途了。（引自王永生主編《中國現代文論選》第一冊第五六八頁，貴州人民出版社一九八二年版）

這正是郁達夫從語言入手，對魯迅、周作人散文風格所作的具體鑑賞。

賞析散文的語言，總的原則是必須要和作品的內容結合起來思考，看這些語言在表達內容上究竟發揮了多大的力量，切忌不能只是從形式上看它用了些什麼修辭技巧和表達方式。語言的真正的美，只有當作品的語言充分表現了它所描繪的生活圖景、人物性格和思想感情的時候，它才稱得上富有表現力、富有感染力的。換言之，語言倘若離開了內容，就無所謂準確、生動和優美。

弄清了以上這些散文鑑賞的審美要求，我們再翻開一篇散文進行鑑賞自然就不至於無所適從了。當然，這還並不能就此進入一種「游刃有餘」的自由審美境界。我們還必須充分理解散文文體之美以及散文鑑賞的一些具體方法和途徑等，這些在以下各章裡會陸續談到。

第五章　散文鑑賞能力的培養

作爲一個追求完美人格的人來說，具備一定的散文鑑賞能力是十分必要的，這種能力是馬克思講的「人的本質力量」的一項內容。要想成爲一個真正的人，就得不斷地向人格的高潮標線衝擊。那麼，散文的鑑賞能力是從何而來的呢？要回答也很簡單，既然它是一種能力，它就必然有一個生成的過程，並不是與生俱來，也不是上帝賦予，正由於它不是一種本能，所以完全是可以自覺培養的。在本章裡我們擬就這個問題談以下兩點：散文鑑賞能力面面觀；散文鑑賞能力的自覺培養。

一、散文鑑賞能力面面觀

散文鑑賞能力是一種綜合的本領，要具備這種本領，「單打一」地只注重某個方面是顯然不夠的。因此，在探討如何培養散文鑑賞能力之前，分析一下散文鑑賞能力的內部諸因素就很有意義了。一般來講，散文鑑賞能力包括直覺能力、想像能力、語感能力、移情能力、思索能力和「見異」能力六大方面。

——直覺能力。它是鑑賞者在散文審美中的最初的直接感受能力，實際上它一旦進入審美過程就成了一種思維方式。如果對這種思維方式做靜態分析，我們不難發現，它有兩個極其顯著的特點：一是直覺與人們以往積澱的各種經驗緊密相關，它是生活記憶、知識積累、情感體驗等各種因素的激活；因而一個孤陋寡聞、情感枯竭的讀者，也便很少有可能獲得對散文藝術的直覺。二是它的「頓悟性」。直覺往往是鑑賞者對其作品的突然領悟與把握，也是鑑賞對象對鑑賞主體的最初的一種新鮮刺激。這正如一位品酒專家談到品酒時所指出的那樣：「人的嗅覺是容易疲勞和麻痺的，只有最初一二次的聞嗅最靈敏，要抓住一剎那間所嗅到的香氣特徵。」（見一九八〇年九月二十七日《文匯報》，《品酒》）

很多人都有這樣的體會，鑑賞一篇散文，初讀一遍之後就會很快獲得一種審美直覺，美與不美，似乎完全用不著什麼聯想，全憑經驗來領悟，而且這種直覺還往往能做出較爲準確的判斷。我曾碰到過一位《散文》雜誌的編輯，問她是如何閱讀大量來稿的，她告訴我：「讀稿子完全憑一種直覺，常常只要把稿子隨便瀏覽一下就知道了這個稿子是行還是不行，但爲什麼行或是不行呢？有時候竟也說不出什麼道理來。」她的話似乎有點神祕，但也並不爲怪，這正是她的審美直覺能力在起作用。從心理學上分析，這位編輯之所以有較强的直覺，主要是以她過去的大量讀稿經驗爲基礎，過去的經驗積澱到一定的程度，在她的潛意識中就會自然而然地形成一種「動力定型」，這樣一篇散文讀過之後，大腦就會自動做出較好的判斷。

作爲一位散文鑑賞者，只有具備較强的直覺能力，才有可能敏鋭地去進行審美，發現作品的獨特光采，並由此再上升到更高層次的鑑賞。否則，一篇作品到手之後，反反復復讀了好多遍也許不知其之所以好的地方。一個人的直覺能力如此低下，便很難登堂入室窺其堂奧了。

——想像能力。

散文鑑賞需要想像，就像飛鳥需要翅膀。讀者正是根據作者所提供的語言符號，喚起自己記憶中的有關表象，然後再根據作者的總體構思進行新的組合，從而在頭腦中才能獲得一個完美和諧的意境。很清楚，想像在整個鑑賞過程中始終都是伴隨著鑑賞者的「寧馨兒」。通過它，便可跨越時間的限制，預見未來，逆睹古昔；或是衝破地域的阻隔，升天入地，登月潛海；或是移情入境，感同身受地在想像中去體驗，享受作品中的一切……使作品的内容充分形象地展現在我們的面前。譬如我們讀挪威著名女作家恩特賽《挪威的歡樂時光》中的這一段：

道旁籬邊，積雪還堆得高高的，田野裡雪塊照在太陽底下像是堆堆白銀，滑雪板壓成的小轍，錯綜交叉，顯得格外清晰。成羣的鴉鵲銜著細枝在天空飛翔，已經逐漸開始在修築去年的舊巢了；牠們的聒噪不時劃破了冬日的寧靜。

太陽一下山，氣候便變得刺骨寒冷。白天的回光卻還逗留著，像燃燒著的殘焰，沿了覆著黑叢林的山脊逶迤直達西南。一抹蒼綠的光亮在地平線上遲遲不滅。早晨，屋檐上掛著長長的冰柱，接近中午，閃閃的水滴便落下來了。白晝也一天比一天更長更亮了。

這幅美麗而富有特色的冬日雪景圖，難道是不憑藉想像能夠鑑賞的嗎？想像是一種溫故見新的心理過程，需要以深厚的生活積累爲基礎。一個知識淵博、閱歷豐富的人，總是比知識單一、經歷短淺的人更容易想像出散文中所敍寫的情景。亞里士多德說：「一切可以想像的東西，本質上都是記憶裡的東西。」（見《外國理論家作家論形象思維》第八頁，中國社會科學出版社一九七九年版）這是深中肯綮的見解。因此說，要想發展散文鑑賞的想像能力，必須從豐富我們的記憶表象入手。

當然，我們這樣說也並非散文中寫的一切都要親眼所見、親身所歷不可，只是爲了强調說明鑑賞想像絕不會憑空產生，總得有所依據。這個依據除了鑑賞對象的提示，再就是鑑賞主體的記憶表象了。林尚說：讀魯迅的《秋夜》，「至於知道不知道什麼是棗樹，棗樹的形貌如何，這些都是無關大局的。」（林崗《符號·心理·文學》第四五頁，花城出版社一九八六年九月版）但我想，讀者心目中畢竟還是得存有著似棗樹的禿禿的小喬木的記憶表象才好。

——語感能力。

散文藝術，特別講究語言的技巧，沒有對散文語言的一種敏銳的感受力，就很難鑑賞到其中細微的妙處。這種敏銳的語感，大致說來主要在如下兩個方面：

一是對散文修辭的理解與感受，諸如對奇偶、排比、互文、集散、錯綜等都應較爲熟悉，這是最爲起碼的語感要求。如果感受不到這樣一些，就會影響到對內容的鑑賞；特別是文脈的流動，文情的起伏，聲音的圓轉等等，它們與散文的修辭有極大關係，只有徹底領悟了散文的修辭之妙，才能淋漓盡致地品嘗出其中的情味。

二是對散文表情語言的理解與感受。散文語言和其他文學語言一樣，具有表情性，並以此區別於非文學作品的語言。非文學的語言僅具有認知性，作者只是以一種客觀的態度去論述，甲就是甲，乙就是乙，不可能有任何歧義；而文學語言雖也要求幫助讀者去認知，但重要的目的是要引起讀者情感上的共鳴。因而，即使是同樣的語言，由於作者所滲透的情感不同，其意義也就不會一樣，甚至有時與語言的本來意義也可能會發生偏差。請讀東山魁夷的散文《聽泉》中的這幾段：

森林中有一泓清澈的泉水，發出叮叮咚咚的響聲，悄然流淌。這裡有鳥羣休息的地方，儘管是短暫的，但對於飛越荒原的鳥羣說來，這小憩何等珍貴！地球上的一切生物，都是這樣，一天過去了，又去迎接明天的新生。

鳥兒在清泉旁歇歇翅膀，養養精神，傾聽泉水的絮語。鳴泉啊，你是否指點了鳥兒要去的方向？

泉水從地層深處湧出來，不間斷地奔流著，從古至今，閱盡地面上一切生物的生死、榮枯。因此，泉水一定知道鳥兒應該飛去的方向。

鳥兒站在清澄的水邊，讓泉水映照著身影，牠們想必看到了自己疲倦的模樣。牠們終於明白了鳥兒作為天之驕子的時代已經一去不復返了。

鳥兒想隨處都能看到泉水，這是困難的。因為，牠們只顧盡快飛翔。不過，牠們似乎有所覺悟，這樣連續飛翔下去，到頭來，鳥羣本身就會泯滅的，但需鳥兒儘早懂得這個道理。

鳥兒、泉水本不過是人們經常見到的不具情感的自然景物，但如果我們這樣去鑑賞就糟糕了。原來，作者這裡是用「鳥兒」來象徵人類，用「泉水」來象徵自然規律，「泉水」好像就是一位睿智的哲人，正預示著「鳥兒」「只顧盡快飛翔」（不顧生態平衡的打破）所帶來的惡果。作者寄情於中，含意遙深，我們鑑賞時對這樣的表情語言就不得不明察。

——移情能力。

鑑賞一篇優秀的散文，人們常常會不由自主地和作者一道嘆息，一起歡笑，以至於完全沈浸在作品的境界之中，達到「物我兩忘」。這即是散文鑑賞的移情現象。移情作爲一種能力，是指鑑賞主體對鑑賞客體能夠喚起的情感共鳴的程度。如果鑑賞者對作品的情感反應淡薄，甚至於完全不能深入到作品的情感底蘊之中去，這顯然是情感共鳴的程度弱，便難以充分分享到作品的美味；反過來，如果鑑賞者對作品的情感反應强烈，情動於衷，感同身受，主體完全與客觀同化，成爲渾然一體的情感狀態，這樣便能獲得無限的鑑賞情趣與愉悅。

不過，散文鑑賞是否每時每刻都要在情感上達到主體與客體的同化狀態呢？這不一定，也不可能。一方面，我們鑑賞散文的目的並不是只求與作品同化，還要能夠從作品中跳出來進行理智的分析，這一點已在第一章第二節裡談到了；另一方面，就鑑賞對象而言，也並不是從頭至尾都具有很强的「喚情性」，尤其是鑑賞那些議論散文，還需要較多地站在「旁觀者」的位置上去思索，僅靠充分移情則無能爲力。

移情能力缺乏的人，鑑賞時的最大毛病是走馬觀花，浮光掠影，甚至再好的作品在他們看來也可能是不可理解的。但散文鑑賞又不能只是停留在移情階段，移情是爲了探求作品真實的底細，並不是爲了附和作者，更不等於是鑑賞過程的終結。因而，還需要我們站在一個較高的思想水準上，以我們的政治觀點和美學觀點來獨立思考，這才是積極的健康的鑑賞。

現代文藝心理學表明，移情必須具備兩個條件：一是鑑賞對象首先要有使鑑賞者移情的可能，也就是要能夠喚起某種情感體驗的類似聯想；二是要求鑑賞主體多情善感，並能夠凝神斂息地去進行情感體驗，從對象中看出它表現情感的特徵和接受它所表現的情感。達到了這樣兩個條件，散文鑑賞的移情便可能「一拍即合」的實現。所以說，要想獲得移情的能力，關鍵在於自己要加强藝術修養，培養同情心理，從而打通作品與我的界限，否則情感就没有了移入的途徑。

——思索能力。

在第一章裡，我們談到了散文鑑賞的三個階段：直覺階段——再創造階段——再評價階段。這一鑑賞的過程，實際上也就是從感性到理性的過程。誠然，散文鑑賞屬人類高級情感活動之一，重在形象思維，但從根本上説也是一種認識，雖然它與哲學上的認識並不相同。俄國生理學家謝切諾夫説：「思想由經驗領域向非感性領域的轉化是靠不斷的分析、不斷的綜合和不斷的概括而實現的。」（《謝切諾夫選集》第四一三頁，人民衞生出版社一九五七年版）所以説，散文鑑賞如果不具備很好的思索能力，便難以將直覺到的感性經驗轉化爲理性上的認識。

具體而言，思索能力在散文鑑賞中的作用有三：它是鑑賞直覺的基礎或前提。因爲鑑賞的直覺並不是人的本領，也不是神賜，它是以無數次的邏輯判斷、分析綜合作爲基礎，從而爲鑑賞直覺在瞬間把握對象的理性内涵提供了可能。譬如我們讀高爾基的《晨》，一般而言，文中所寫都是人們非常熟悉的，因而也十分容易直覺到作品中的意境。但如果你原來根本没有關於朝陽噴薄欲出的體驗，也没有見過陽光初現之後萬物甦醒的情景，以及對文中各種景物的理性認識也模糊，那麼單靠鑑賞直覺就無能爲了，何況也很難產生直覺，猶如嬰孩睜眼看世界一樣，不可能有什麼意趣上的收穫。二、鑑賞直覺和再現出的表象須要通過思索力加以梳理，這是不言而喻的。鑑賞者從某個作品裡最終得到的並不是幾個零散的或朦朧的表象，而是對表象有了完整的領悟之後的深層認識，一種通過思索力的梳理而想出來的解釋。三、思索力的强弱制約著散文鑑賞水平的高下。從根本上説，思索力就是人們在進行思維活動時所表現出來的個性心理特徵。因而，這種心理特徵的表現愈明顯，鑑賞活動也就會愈加顯示其特色，而那些表面化的鑑賞，人云亦云的解釋則是散文鑑賞的大敵。

思索能力的構成比較複雜，它同時又包括著許多具體的能力，諸如比較與分類的能力、抽象與概括的能力、理解與判斷的能力、演繹與歸納的能力等等。

——「見異」能力。

只有別具慧眼，善於「見異」，才能成爲作者的「知音」，這是劉勰在他的《文心雕龍·知音》裡所提出來的一條重要的鑑賞美學觀點。所謂「見異」能力，就是發現作品「異采」或「個性」的能力。一切成功的散文作品都是要顯示作者本人的性情特徵的，這種性情特徵之展現，我們一般謂之「風格」。作者的風格表現在立意上、構思上和語言上等，往往也就是作品「異采」之所在。作品有了「異采」，就有藝術魅力，就能感動人；反過來，作品缺乏「異采」，立意構思與人雷同，藝術手法落入別人窠臼，必定使人讀後昏昏欲睡。由此看來，散文作者所致力的就是如何使作品具有「異采」，具有風格；那麼，散文鑑賞者所致力的，乃是如何發現作品的「異采」。能夠發現作品的「異采」，就是一種最高的鑑賞，最美的享受。正如劉勰所云：「夫唯深識鑑奧，必歡然內懌，譬春台之熙衆人，樂餌之止過客」（《知音》）。就是說，只有鑑識深遠的人能看到作品的微妙之處，才會感受到內心的喜悅，好比春天登台使人歡快，音樂和美味能留住過路的客人。

以上，我們分別對散文鑑賞的六大能力進行了簡略的闡述，以期對散文鑑賞能力的獲得有一個整體的了解，同時也爲散文鑑賞能力的培養指出了一條努力的途徑。當然，散文鑑賞也不僅僅就是如上六大能力，而且它們也不是截然分開的。在鑑賞過程中，它們總是相互依存，相互滲透，共同完成散文美的鑑賞。

二、散文鑑賞能力的自我培養

當我們了解了散文鑑賞能力構成的各個方面，那麼我們再來追尋散文鑑賞能力究竟如何去培養就比較容易了。不過，我們以下要說的仍然還是比較籠統的，至於不同的散文鑑賞者還應該徹底評估一下自己的優勢與劣勢，這樣才能揚長避短，有的放矢地選擇最適合自己的方法，在短期內做到事半功倍的效果。

一般而言，散文鑑賞能力的自我培養可以從如下幾個方面去進行：

第一，散文鑑賞能力的提高必須以長期的自學爲主。

前面我們曾經指出，散文鑑賞的過程實際上是一個心理活動的過程，直覺、感受、再現、聯想、理解和認識等等這一系列的鑑賞心理環節，是難以全部從書本上或從鑑賞大師那裡學得到的。鑑賞散文的技巧與方法，不可能像少林寺的拳術可以家傳，也不像號碼鎖有個祕密的數碼可以開通，如果真是如此，我們大家只要集中一個較短的時間培訓便可以成爲散文鑑賞的高手，那麼，我上面嘮嘮叨叨談的這一些也便成了無用的廢話。

散文鑑賞的能力問題，它不是一個單純的知識傳授，也不能簡化爲幾條可以任意套用的公式，因爲我們鑑賞的對象——散文，它是以特殊的第二信號系統的語言來構成感性形象，以作用於人們的感覺器官，因此不經充分真切的感受便無法產生真正的美感，從而也就不能通過對散文藝術特徵的實際體驗而導致深刻的認識。然而，人們感受散文藝術的心理過程又是何等的複雜呀！周振甫先生在他的《文章例話・前言》裡轉述章學城的鑑賞經驗時說：「……文章的妙處，貴在讀者的自得。如食品甘美，衣服輕暖，各自領會，難以告人。只能讓人自己去品味，自會得到甘美的味道，自己去穿著，自會產生輕暖的感覺。一定要吐出自己吃的來喂人，讓人領會美味；摟著人家的身體，讓人領會衣著的輕暖，是沒有這個道理的。」（《文章例話》第三頁，中國青年出版社一九八三年十二月版）散文鑑賞能力的提高，也便只有在這種「自得」、「自學」之中才有可能實現。

對於一般想提高自己散文鑑賞力的人來說，弄清鑑賞能力主要靠自學，從而增强自己的自信心是特別重要的。因爲我們發現不少青年讀者容易犯急躁的毛病，他們往往喜歡與那些鑑賞高手相比，所以堅持了一段自學以後，發現自己收效並不顯著就半途而廢，這很可惜。我們還要懂得，自學也需要一個過程，辦什麼事情都不可能一蹴而就。提高散文的鑑賞力，好比是開闢疆土，需要我們一鋤一鎬逐漸地向外一分一寸的伸張。

還有些散文鑑賞者習慣於「嚼飯喂人」，依賴思想很大，常常滿足於別人的理解，懶得開動自己的腦筋去領悟。尤其是鑑賞那些古今中外的散文名篇，往往自甘低人一等，更是不願意再做一番自己的咀嚼。就拿屠格涅夫的散文名篇《門檻》來說吧。幾十年來，不知多少人寫過賞析文章，老師又將它作爲寫作範文在課堂上爲你講解過，但你不妨試著去像牛反芻一樣再品味品味如何？比如，作者筆下那站在高高的門檻前的俄羅斯女郎，面對巨大的建築物，門裡面陰森昏暗，這位女郎要從這裡跨進去了，這究竟寓示著什麼？門裡傳出來的「緩慢的、重濁的聲音」又該怎樣理解？文章的構思又是怎樣新穎、獨特的？等等。這樣具體再品味一番，多少應當是有些自己的收穫的——雖然它很可能是一點點微不足道的個人體會，但它卻顯得十分可貴。殊不知，散文鑑賞力的提高，正是在這種自己的點滴體會的基礎上起步，然後舉一反三，觸類旁通，逐漸走向博大精深。自己的畢竟是自己的，別人的總是別人的，不珍惜自己的一點一滴的感受，便只能始終在別人的門下徘徊。

第二，加强對一般文學創作規律的了解。

作爲文學樣式之一種的散文，其內部構造規律與一般文學創作規律是相通的，要提高自己的散文鑑賞力，就得系統地研究一下一般文學創作規律，至少像《文學概論》這樣的大學一年級的文學基礎理論的教科書是必讀的書籍。否則，在散文鑑賞的過程中很多一般性的問題都會感到茫茫然。

比如，人們常說「文以載道」、「詩以言志」，應該承認，這個命題至今爲止是並沒有錯的。但是，過去許多人對「文」和「詩」如何「載道」，如何「言志」卻未能真正理解，普遍以爲文學作品，不過就是一種政治宣傳品，以至於把文學作品也看成是階級鬥爭的工具。在這樣的文學觀念指導下，那麼我們鑑賞散文以及其他文學作品也就只要了解一下它的主題就足夠了，都無需用文學的審美眼光去進行鑑賞。甚至有的人乾脆將文學作品與歷史資料或思想資料等同，只要一接觸就拿起階級鬥爭的解剖刀加以剖析，順我者昌，逆我者亡，這哪有什麼鑑賞可言呢？

再比如，文學作品「以情動人」，這也是一條顛撲不破的真理，但真正理解它並自覺地把它運用到文學鑑賞之中的人卻並不太多。我們知道，文學作品是以語言符號這個第二信號系統來傳達人們情感，但語言符號在人們的具體運用過程中卻表現出了鮮明的二重性格：既可作爲概念的符號也可作爲表象的符號。茅盾先生的散文《雷雨前》，最後一句說：「讓大雷雨沖洗出個乾淨清涼的世界！」如果我們僅把它看成是一個概念的符號，採取一種認知的態度去對待，它告訴人們的不過就是作者盼望一場大雷雨，其他什麼也沒有；但如果我們將它視爲表象的符號，以一種情感的態度去鑑賞，你就會體會到在作者盼望一場大雷雨這一表象的後面，實際上是在表現他呼喚革命風暴盡快來到的心情。

所以說，理解文學作品「以情動人」這個命題，關鍵是要弄清語言符號的二重性格，明白文學作品的語言不同於一般的認知語言或概念語言，而是一種情感語言或表象語言。從而，決定了我們鑑賞散文以及其他一切文學作品就不得採取認知的態度，滿足於簡單地懂得一個什麼道理，而需要採取情感態度，以我們的整個身心去感受那滲透著情感的有意蘊的表象語言，如此才能在這種情感體驗中獲得一種稱心適意的審美愉悅。在這個意義上講，人們散文鑑賞力的高低，就看你能否用一種情感的態度去體驗，並與這種情感體驗的能力成正比。

總之，作爲一名優秀的散文鑑賞者，具備一定的文學基礎知識，了解一些文學創作的基本規律，這對於我們從事正確的散文鑑賞是有益無害的。

第三，對散文文體的個體特徵也要有系統的研究。

俗話講：「內行看門道，外行看熱鬧。」要想成爲真正的散文鑑賞的「內行」，除了要掌握一般文學創作規律之外，還必須對散文文體的個體特徵有系統的研究。

就目前而言，對散文的研究還很不深入，比如對散文特徵的理解吧，就明顯地存在著意見分歧，作爲一種源遠流長的文學文體，這當然是不夠正常的，自然也有礙於我們對散文的鑑賞。

誠然，散文是一種十分自由靈活的文體，但也並不至於失掉了自己的個性特色。如果否定了散文個性特色的存在，肆意誇大散文文體的游離性，無疑是取消了散文這門獨立的藝術。

散文之所以能夠獨立門戶，是因爲它在內容的表現、結構的安排、語言的表達、音韻的調節等諸方面有著自己的要求，這些是我們不得不明察的，而且還要有系統的研究。所謂「系統」的研究，是指對散文的文體學、美學、創作學、比較學等都應有一個全方位的了解。就散文文體學而言，要掌握散文的淵源、特質以及散文的「家族」；就散文美學而言，要明瞭散文的真實之美、情感之美、語言之美和結構之美；就散文創作學而言，還要懂得散文在選材、立意、構思和表達上的特色，以及散文作者創作這篇作品時的環境、遭遇和心境等；就比較散文學而言，則需要了解中外散文的傳統、風格、流派方面的異同。只有如此從散文的整體觀念出發，對散文做過一番較爲系統的考察與研究，散文鑑賞能力的提高便指日可待了。

要系統地研究散文文體的個性特徵，時下可以看如下幾種較爲通俗的著作：

△周振甫著《文章例話》，中國青年出版社一九八三年出版。

△范培松《散文天地》，花城出版社一九八四年出版。

△佘樹森著《散文創作藝術》，北京大學出版社一九八六年出版。

△周冠羣著《散文探美》，重慶出版社一九八六年出版。
△李光連著《散文技巧》，中國青年出版社一九九二年出版。
△傅德岷著《散文藝術論》，重慶出版社一九八八年出版。
△夏丏尊、葉聖陶著《文心》，開明書店一九四八年出版。
△王效天編《散文創作藝術談》，江蘇人民出版社一九八四年出版。
△胡懷琛編《古文筆法百篇》，湖南人民出版社一九八四年出版。

第四，注意選擇古今名家名篇細細賞玩。

名家之所以成爲名家，就是因爲他們比一般人更會寫文章，他們的作品都是代表一定時代最高水平的，認真閱讀名家名篇，研究他們的各種寫法，汲取他們的成功經驗，對加强自己的散文修養、提高自己對散文的鑑賞力都會有很大幫助。歌德說：「鑑賞力不是靠觀賞中等作品而是要靠觀賞最好作品才能培育成的。所以我只讓你看最好的作品，等你在最好的作品中打下牢固的基礎，你就有了用來衡量其他作品的標準，估價不至於過高，而是恰如其分。」（愛克曼輯錄《歌德談話錄》第三十二頁，人民文學出版社一九七八年版）這對我們這些初學散文鑑賞的人來說，的確是很好的忠告。

俗話講：「寧吃好蘋果一口，不吃爛蘋果一筐。」爛蘋果愈吃得多，愈是敗壞胃口，而且還冒有中毒的危險，慢慢地還會連吃好蘋果時也不覺有什麽滋味；好蘋果雖只吃一口，但於己有益，能培養純正的口味。散文鑑賞又何嘗不是如此呢？但我們發現，有些青年讀者對此並沒有引起注意，不論碰到什麽都拿來讀，結果使散文鑑賞力的高潮標線始終難以達到。取法乎上，才能得乎其上；取法乎中，只能得乎其下；取法乎下，便更是不堪設想！

第五，注意不斷地從散文鑑賞實踐中去提高鑑賞能力。

散文鑑賞力的真正提高，還必須得依靠不斷的散文鑑賞實踐，大量地從事散文審美活動。離開了這種不斷的、自覺的散文鑑賞的實踐，一切修養均無意義。十八世紀法國啓蒙思想家狄德羅認爲：「藝術欣賞力究竟是什麽呢？由於反復的經驗而獲得的敏捷性，它表示在能使它美化的情況下，抓住真實與良好的東西，並且迅速而强烈地爲它所感動。」（狄德羅《繪畫論》，見《西方美學家論美和美感》第一四一頁，商務印書館一九八〇年版）這「反復的經驗」，自然可以理解爲反復的鑑賞經驗。美國哲學家休謨則説得更爲明確，他認爲在審美能力方面，「人和人之間敏感的程度可以差異很大」。而「要想提高或改善這方面的能力的最好辦法無過於在一門特定的藝術領域裡不斷訓練、不斷地觀察和鑑賞一種特定類型的美」。（休謨《論趣味的標準》，見《古典文藝理論譯叢》一九六二年第五輯，人民文學出版社一九六三年版）通過這種不斷的反復鑑賞實踐，便會逐漸養成敏捷的鑑賞力，這是毫無疑問的。

散文鑑賞能力既是一種技能、技巧，它就有一個熟能生巧的過程。這是因爲不斷地從事散文鑑賞實踐，一則可以在腦子裡逐漸積澱各類散文作品的審美印象，久而久之，便會形成一種無形的審美尺度，從而提高對散文的鑑賞力；二則可以爲散文鑑賞的審美比較打下厚實的基礎，收到「舉一反三」的功效。比如要鑑賞趙麗宏的散文《敲門》，同時我們原來又讀過茅盾先生的《叩門》，這樣對趙氏的《敲門》一定就會有另一種收穫，看得更深、更透、更遠。

在散文鑑賞的實踐中，常有這樣一些情況：或極力推崇某一種類的散文而輕視其他，「坐井觀天，誣天藐小」；或知其好而不知其所以好，「不識廬山真面目」；或揣摩淺陋，隔靴搔癢，僅得其皮毛。如此等等，大半與鑑賞者的見識短淺有關係。劉勰說得好：「凡操千曲而後曉聲，觀千劍而後識器；故圓照之象，務先博觀。」（《文心雕龍．知音》）「千劍」、「千曲」的博觀如若付諸實踐，又何愁没有精闢獨到的散文鑑賞呢？

當然，要想提高散文鑑賞的能力，還得要掌握正確的方式與方法。契訶夫說：「對於從事分析的人來說，如果他是學者或批評家，方法就是才能的一半。」（《契訶夫論文學》第七十八頁，人民文學出版社一九五九年版）由此看來，要使自己具有較强的散文鑑賞才能，如果對散文鑑賞的方法一無所知，其結果一定很糟糕。不過，鑑賞不同於研究和批評，研究和批評是在鑑賞基礎之上的進一步深入，側重在評價；鑑賞則鮮明地表現在個人的心理感受上，側重在美感的獲得。因此，散文鑑賞就不一定要精通諸如精神分析學、闡釋學、符號學、現象學等等這些現代文學研究與批評的方法，只是就散文鑑賞應必須掌握的一些基本方法和應當遵循的一般途徑有所了解，這在本書下編中我們將詳細闡述。

下編

散文鑑賞方法談

做任何事都要講求方法，散文的鑑賞也是一樣的，它不能漫無目的，毫無章法的亂說一通，否則他人不能明白，也說服不了自己。散文鑑賞的一般法則計有：一要感同身受，才能漸入佳境；二要掌握住散文的線索，探求作者寫作時的本意；三要分析文章的結構，細心剖析文章的脈絡。換句話說，在散文鑑賞時，要注意三個重點：因聲求氣，循聲得情；縱觀全局，探索主題；玩味理趣，回環解釋。同時要正視時下散文鑑賞時的兩個難題：一、更正「會看的看門道，不會看的看熱鬧。」——辨明作法，深入體察。二、避免採用一視同仁的鑑賞法——把握個性，類型鑑賞。

第六章　散文鑑賞的一般法則

一、感同身受　漸入佳境

文學以形象反映生活的特質，這在我們鑑賞一切優秀的文學作品時都能强烈地感受到。一旦真正進入鑑賞而不是匆匆地「走馬觀花」或一味地去尋找什麼概念，那麼我們在作品裡所得到的首先就該是作家所塑造的生動藝術形象的復呈，伴隨著這種復呈又會自然而然地體味到作家浸透在形象裡的意蘊。這時，我們就會感到一下子到了另外一個完全是自立自足的世界——即文學藝術的意境之中去。

按照上面的說法，那麼大凡成功的文學作品（包括其他藝術作品）均有意境，這是由文學的形象特質所決定的。不過就詩歌、散文、小說、戲劇而言，詩最爲突出。我在拙著《詩歌鑑賞入門》裡，曾列專節談「詩的意境美」也正是基於這個考慮，這在於詩以形象反映生活方面較之其他文學樣式顯得更集中、更概括、更厚重，因而也更有意境的魅力。

散文也有散文的意境，雖然它不像詩歌意境那樣更具特色，但它與小說、戲劇比較又顯得突出一些。小說意境一般限於某些片斷，從整體而言，小說則是重在敍述故事的過程，在這個過程中塑造典型人物形象，很難像散文尤其是像詩歌那樣形成一個獨立自足的具有詩情畫意的境界；戲劇由於它所用來反映生活的憑藉是演員這一活的形象，這與散文等依靠語言文字是有不同的。因爲這些形象是一種物質存在，可以直接用眼睛看到，況且戲劇又是以人物的性格衝突來組織結構，這樣也就不可能像詩歌和散文的意境那樣清新有味，引人聯想。

作爲一個好的散文鑑賞者，完全應該善於體味散文美的意境。如何去體味呢？我想這裡還有必要區別一下散文與詩歌意境的異同，從而才有可能運用不同的方法去探求它們的意境之美。

儘管散文與詩親如姊妹，存在著這樣或那樣的緊密聯繫，但在意境的創造上卻是很有差別的，這就是詩境尚虛，文境徵實。詩境强調大膽想像與誇張，也允許虛構與概括，追求避實就虛的空靈，常給人以「水中之月，鏡中之花」的美感。我們不妨先看看弘徵的這首題爲《綠葉》的小詩：

像一隻隻伸向未來的手掌，
是一面面歡呼春天的小旗。

只一滴兒就夠沙漠沈醉，
青春的活力就鼓起每一根纖維。
沒有你獻出淳樸的年華，
爛漫的百花將黯然枯萎；
失去你碧綠如泉的顏色，
整個大地將沒有生機。

詩人調動自己豐富的想像，運用一連串的比喻，把「綠葉」——這一春大的信使寫得何等鮮活靈動，讓人從一片綠葉裡感受到無窮的意味。這種意境，是虛渺空靈的，是啓人聯想的。文境則大致相反，强調嚴格的真實，不允許誇張與虛構，追求避虛求實的真境界，常給人一種如聞其聲、如臨其境的美感。同樣是寫「綠葉」，我們看在日本東山魁夷的散文《一片樹葉》裡，它給人又將是怎樣的感受呢——

我觀望著庭院的樹木，是凝視著枝柯上的一片樹葉。這片葉子綠得瑩潔可愛，在夏日陽光的照耀下熠熠閃爍，這不禁使我想起第一次看到嫩芽初吐的時節。

那是去年初冬，就在這片綠葉生長的地方，還掛著一片褐色的枯葉。當它凋零飄落，你誕生了。堅挺硬實的幼芽飽孕著青春秀潤的生命力。

儘管有風欺雪凌的日子，你總是默默地等待著春天，漸漸地蘊蓄著充足的力量。一天清晨，微雨初歇，無數的珍珠散落在枝頭，婷妍交輝，那是一滴一滴的雨點親吻著嫩稚的尖芽。我感到綠意萌動膨脹起來了。春天就要來臨了。

春天終於來了。細芽歡欣地綻開了笑靨。那片落葉化為腐殖質回到土壤裡去了。

這完全是生活中的真景物、真境界，詩中的綠葉「像……手掌」、「是……小旗」之類的虛景在散文裡都得到了實在的再現，看得見、摸得著，大有「真力彌滿，萬象在旁」的感受。

詩境尚虛，文境徵實，當然這是從整體上的一個把握，具體地講也並不都是如此。詩歌特別是某些敍事詩中也有趨近於實的意境，散文特別是某些抒情散文裡也有趨近於虛的意境。只是兩者有所偏重，但不能有所偏廢。

從鑑賞的角度而言，明白詩境與文境的這一區別很重要。正因爲詩境尚虛，所以詩歌鑑賞就特別需要想像，這才可能將詩人虛擬的濃縮了的東西變成真實的豐富的生活圖景，從而領略其意境之妙；也正因爲文境徵實，所以散文鑑賞就特別需要感受，這才可能將散文裡真實的具體的東西準確而充分地復現在我們面前，從而體味其意境之美。我以爲，一個人的散文鑑賞水平如何，至少一半是取決於你對散文意境的感受力的高低。可以說，感受力在散文鑑賞裡是一個頗爲活躍的因素。

散文有賴於形象的感染力量和美感作用影響讀者。沒有形象就沒有散文，沒有對形象的强烈感受力也就沒有真正的散文鑑賞。散文鑑賞也是一種始終伴隨著形象的情感活動，必須以形象給人的感受爲依據。這應是散文鑑賞以及其他藝術鑑賞的一條基本規律。

散文不僅以形象反映生活，而且講究客觀情景的細緻敍寫，這樣對散文形象的感受力就顯得更爲突出了。那麼，又何謂感受力呢？它是指讀者對散文藝術形象的一種領悟能力。換言之，也是指讀者對作者所描繪出的形形色色的生活圖畫，可以在自己心目中毫不費力地復現出來，從而獲得某種稱心適意的共鳴美感。不過，一般人對藝術形象的感受力並不太强，巴爾扎克曾經指出：

> 我們對藝術本身理解得很透徹，我們對欣賞藝術作品也不缺少一定的才能，然而我們對藝術作品缺乏感受。我們去劇院聽音樂和去美術館看畫展，因為這很時髦；我們鼓掌，我們議論得很內行，但我們從那時出來之後卻是依然故我。聽了一部三重奏或是一首抒情曲，一百個人中難得能找到三四個知音者，真正為音樂所陶醉，或是從音樂裡喚起個人生活中片斷的聯想、愛情的遐思、方始消逝了的青春的追憶和溫馨的詩情詩境。至於到美術

館去的人，幾乎都不過是為的走馬觀花，要能遇上一位在一件藝術品面前深思靜觀流連忘返的人，那確是難乎其難了。《論藝術家．古典文藝理論譯叢》第十集第九十三頁。人民文學出版社一九六五年版）

的確如此，藝術鑑賞包括散文鑑賞，真正能夠設身處地、感同身受地去涵詠玩索的人並不很多。一個人對散文形象的感受力是在長期實踐中培養起來的，或者說是「由於反覆的經驗而獲得的敏捷性」。（狄德羅《繪畫論》，見《文藝理論譯叢》一九五八年第四期，人民文學出版社一九五八年版）這裡說的「經驗」，它應是一個含義十分豐富的概念，包括生活經驗、藝術經驗和知識積累等，諸方面結合在一起，也就具體構成了我們說的對藝術形象的感受力。

創作散文需要有豐富的生活閱歷，但鑑賞散文是否也要具備豐富的生活閱歷呢？很多青年讀者對此或許不以爲然，實際上那種認爲只憑一點書本知識和藝術經驗就能鑑賞散文的觀點必須予以糾正。比如說，一個沒有經歷過任何白色恐怖的讀者，鑑賞葉聖陶的《五月卅一日急雨中》就會總覺隔了一層；一個有過流浪經歷的讀者品賞瑞士黑塞的《農舍》總比一直處在正常生活中的人體會更深；一個從未坐過飛機的人，難道也能想像劉白羽在《日出》中描繪出的壯景嗎？

顯然，極大地豐富我們的生活閱歷，這是感受散文藝術形象的必要條件，它與藝術經驗、知識積累有著同等的地位。

一切優秀的散文，其意境總是深邃雋永的，往往很難一下子就能發現，因而我們在具備了作品裡相應的生活之外，還得憑著自己的知識水平和藝術修養去敏銳地、認真地感受對象的形象特徵和細節內涵。這就好比在江南園林中尋幽訪勝，進愈深而景愈奇，給人以漸入佳境的感受。王安石有一篇《遊褒禪山記》的散文，其中寫到他與同遊者舉火進山洞時說：「入之愈深，其進愈難，而其見愈奇。」這裡，我們把它用來說明散文鑑賞也十分合適。要想探尋散文意境的佳妙，也非得經歷「深」、「難」、「奇」的過程才行；淺嚐輒止，知難退卻，自然不能達到「奇」的境界。寫到這裡，又使我想到唐朝畫家閻立本賞畫的故事：

閻立本善畫，至荊州，見張僧繇舊迹，曰：「虛得名耳。」明日再往，曰：「猶近代佳手。」後日又再往，曰：「名下定無虛士！」因坐臥觀之，留宿其下。

——李贄《初潭集》卷十四

閻立本這樣一位大畫家，品賞前輩畫家張僧繇的真迹，原來也有一個漸入佳境的過程。甚至一開始認爲張僧繇不過是徒有虛名，但待第二天再去品賞，終於看出些門道來了，不得不承認是一位近代好手。直到第三次品賞，便簡直有點眉飛色舞了，大爲感嘆，以至於流連不捨，最後是乾脆住下來細心賞玩。這個故事不是生動地描繪了對藝術形象的感受是逐步深化的嗎？

在這個漸入佳境的過程中，我想尤其還不能忽視感同身受的作用。姜夔說：「《三百篇》美刺箴怨皆無迹，當以心會心。」（《白石道人詩說》）也就是梅聖俞所說的「作者得於心，覽者會以意」。（《六一詩話》引）他們雖都是講詩的鑑賞，但在這點上與散文鑑賞也是相通的。記得我也有過這樣的經驗，那是在中學的時候，有一回我在教室裡閱讀高爾基的《海燕》，簡直是如癡如醉了，甚至上課了也不知道，以爲還在自習。開始我在教室裡默讀了一會，感到不過癮，便站起來往教室外邊走去，直到老師叫住我的時候才發現早已開始上課了。當時我正面臨中學畢業，可謂鬥志昂揚、意氣風發，甚至有點目空一切。儘管文中某些形象對當時的我還很陌生，但海燕的形象與精神在我心中的確活了起來，自己也好像變成了與暴風雨等險惡環境搏鬥的海燕，獲得了一種少有的美感與滿足。但是，如果讓我現在去讀這篇文章，恐怕就難得有這種熱情了。

法國美學家立普斯說得好：「審美的快感是對於一種對象的欣賞。這對象就其爲欣賞的對象來說，卻不是一個對象而是我自己。或則換個方式說，它是對於自我的欣賞，這個自我就其受到審美的欣賞來說，卻不是我自己而是客觀的自我。」（見《古曲文藝理論譯叢》第八期，人民大學出版社一九六三年版）這段話的意思是說，審美活動包括散文鑑賞，實際上就是對自身的欣賞，或者說是自身本質力量的對象化，甚至我以爲散文鑑賞包括所有藝術鑑賞的魅力都在這裡。這樣說來，也便爲我們感同身受地去感受形象，並漸漸探索到散文意境之妙找到了可信的理論根據。

二、牽住線索　沿波討源

從鑑賞美學的角度而言，散文應是不易爲讀者把握的一種文體。古今中外那些優秀的散文作家，彷彿都是一個個神奇的騎手，縱橫馳騁，灑脫不羈。他們的作品，就好比風行水上，一片渙渙然，既有自然的美，也有飄逸的美。清末文學評論家劉熙載將此謂之爲「飛」，認爲「文如雲龍霧豹，出沒隱見，變化無方」；又云：「文之神妙，莫過於能飛。莊子之言鵬曰『怒而飛』，今觀其文，無端而來，無端而去，殆得『飛』之機者。」（《藝概．文概》）散文這「無端而來，無端而去」的「飛」的藝術，對於鑑賞者不得不慎。

鑑賞散文，思想傾向先可以不問，結構技巧也可以先不去管，關鍵在於首先必須窺見文章從何「飛」來，又如何「飛」去，這文章飛動的來龍去脈，人們常將它稱之爲「線索」。如果我們把作者行文的線索牽住了，然後再披文入情，沿波討源，也就會猶如按圖索驥一樣容易得多。此時，其文無論怎樣「出沒隱見，變化無方」地飛來飛去，但讀者一樣能夠駕馭，達到循幹理枝，因枝振葉，綱領昭暢，牽一線而明全篇。誠如劉熙載所言：「惟能線索在手，則錯綜變化，爲吾所施。」（《藝概．文概》）

線索，在其他文學體裁裡不一定都有，比如有些短小的抒情、詠物、寫景詩，一般都不需要有線索，但在散文作品裡卻是不可須臾離開的東西。因爲越是無拘無羈的體裁，就越需要維繫其藝術生命的線索，使生活的珍珠串成一圈，像項鏈一樣成爲藝術的珍品。

小說、戲劇等雖然也往往需要線索來組織材料，使環境、場次、細節等貫穿起來，連接成一個謹嚴的整體；但小說、戲劇與散文比較，線索的安設和類型，其複雜變化又是遠遠不及散文的。我們說，散文是「飛」的藝術，同樣，散文線索常常也是色彩紛呈，靈活多樣。歸納起來，有如下三大類型——縱貫式、橫貫式和縱橫交貫式。懂得散文線索的這些基本類型，對於散文鑑賞很有好處。

所謂縱貫式，就是按事物本身發生發展的進程作爲線索，縱深地組織材料。吳伯簫的散文《山屋》，即是以四季的更替來構思的。作者從陽春三月寫起，然後依次寫到夏天、秋天和冬深，由此表現出作者對山居的美好情趣。再如匈牙利作家裴多菲的《旅行札記》，同樣是以時間推移爲序，隨著行程的增加，所遊之地由一而二而三……由時間和行程連接一山一水，一城一鎮，便形成了貫穿全文的一條明顯的縱線。

以時間的次第爲線，這是縱貫式中最爲常見的一種，往往爲一些敍事散文所採用。其特點是敍述事情有頭有尾，來龍去脈比較清楚，也易於鑑賞者把握。

有的又是以空間轉移爲線，這是縱貫式中的另一種常見形式。寫景、遊記一類的散文，多以空間轉移的先後順序安排材料。像柳宗元的《永州八記》、朱自清的《綠》、郁達夫的《浙東景物記略》、翦伯贊的《內蒙訪古》，芬蘭作家考洛斯的《薩勒瑪》等莫不如此。因爲這類散文描寫的對象是相對靜止的客觀事物，要求依照觀察次序或遊覽踪迹來結構文章。

在縱貫式類型中，還有一種以情節爲線的，它雖然更多地見於小說、戲劇之類，但在散文中——尤其是敍事散文中也並不少見。陸定一的《老山界》一文，作者一方面以時間爲線，另一方面則是更多地以情節爲線，生動地敍述紅軍在長征途中翻越老山界的經過，情節有起有伏，引人入勝。當然，散文的情節線索與小說的情節線索是有差別的。小說的情節線索一般都很完整、曲折，而散文畢竟不是以表現情節見長，故事情節線索只求大體完整，具有片斷性，重在即事以抒寫自己的感受。

下面我們再談談橫貫式。

所謂橫貫式，就是以內在的思想紅線或外在的某個物件來連綴各種互不關聯的「畫面」、「斷片」，按事物的性質歸類，並列地組織材料。橫貫式在具體運用中又有種種不同。諸如以情感爲線，以事理爲線，以物體爲線等等，這在橫貫式中運用的最爲普遍，也是最能表現出散文文體特徵的，一般在小說、戲劇中則比較少見。

以情感爲線，多見於抒情散文。歐陽修的《醉翁亭記》就是以「樂」字貫穿全篇，文章由山水之樂、四時之樂、遊宴之樂，一直寫到「與民同樂」，這些片斷單獨看來，並無多大意義，但在作者注入進深沉的感情血液之後，文章也便頓時鮮活流動起來，寫得多麼嚴謹和精巧。井上靖

(日本)的《春將至》，通篇以盼春的心理來貫通，把天文地理、風土人情和景貌氣象，統統凝聚在這一情感基調上，寫得十分和諧優美。

以雋永的情感爲線索，是深入作品底蘊的結果，它不僅在抒情散文中普遍採用，在一些懷人敍事散文中也常常碰到。朱自清的《亡婦》，表面看來不過也是寫一些互不關聯的生活瑣事。衣食住行、生老病故、喂養孩兒、夫妻齟齬等等，無所不談，乍一看來顯得一片散亂，但凡此種種均被一條至誠醇厚的懷親頌妻的情感線索拈粘在一起，雜而不越，散中見整，同樣給人以和諧之美，渾一之美。

以情爲線的構思，從廣義的角度而言，它並不是散文所獨有。劉勰所謂「情者，文之經」，是指結構包括小說、戲劇、詩歌在內的一切文章的基本要求。不過，將情感作爲一條見之於形式的線索，這在其他文體中是少見的。情感在小說等文體中一般具有隱蔽性，往往深藏文字的背後，更難形成一條什麼明顯的線索。情感線索作爲聯繫散文作品各個斷片的紐帶，則常常給讀者以明確的暗示，具有可見性。正是如此，作者在行文中也總是瞻前顧後，左右埋伏，坦露出一條隱約可見的「草蛇灰線」。古人常稱此爲「意脈」，從而使鑑賞者有所遵循。

以事理爲線，是更偏重於內在邏輯性的一種橫貫式形式，多見於即事明理的議論散文。其構思線索，常常是作者從對事物感受和思索中提煉出來的一種觀點，或道理、見解，其他材料便據此展開。如秦牧的議論散文《象和蟻的童話》。該文所述之理，即是「力量小而拼全力工作的人在某一點上甚至比力量大而並沒有發揮盡致的人還要偉大」，這在藝術實踐中尤其如此。文章以此理為線索，將自己的思想層層展開，先說了「象和蟻的童話」，接著又徵引了契訶夫的幾句有關的話，然後引伸出文章之理，再把它應用到藝術實踐中，闡明藝術繁榮應是大家的共同參與。顯然，文中並列使用的這些材料，均靠「事理」這條線索把它們橫穿起來。這種線索的依據，是創作主體對不同生活現象的相同感受，因而表現在散文中往往跳躍性很强，但各部分材料卻是「貌離神合」的。這在小說、戲劇中極為罕見。

在有些托物言志、寄情於景的抒情散文中，最愛用某一物體作為引文的橫貫線索。荀子在《勸學》中說得好：「君子性非異焉，善假於物也。」借物以勾連線索，在散文裡又有兩種情況。一種是「物」側重在作為線索而出現的，如《土地》。作者說古記今，貫通中西，涉及面廣，聯想豐富，但所有材料都由「土地」這一詠托的事物貫穿起來，說明勞動人民對每寸土地的深厚感情。文章從「土地」開始，以「土地」終篇，線索在手，井井有條。至於「土地」本身，則沒有其他的什麼寓托意義。

另一種是「物」不僅作為線索，而且也是作為思想感情寄託點，常常具有某種象徵和寓意。例如西班牙作家麥斯特勒思的《夜鶯》，作者由「夜鶯」的愛情追求而思及人生，隱隱告訴人們真正的人生卻不能因怯於某種痛苦而放棄追求，應當像那只癡情的「夜鶯」一樣為著自己的目標苦苦求索。這裡的「夜鶯」，是飽含著作者主觀感情的濃汁，體現著人類社會的某種精神和品質的情化的「物」、人格化的「物」，詩意化的「物」了。再像茅盾《白楊禮讚》中的「白楊」；楊朔《荔枝蜜》裡的「小蜜蜂」；德富蘆花（日）《蘆花》中的「蘆花」；高爾基（俄）的《海燕》裡的「海燕」，等等，莫不如此。

在橫貫式線索中，還有一種並不常見的形式，即以某一個字爲線。如吳伯簫的《早》，以一個「早」字把魯迅的勤奮、勾踐的「臥薪嘗膽」、秋瑾的革命精神及屈原的惜時之情等衆多的並列材料貫串起來，構成藝術的整體。又如袁鷹的《飛》，文章也是巧用這個「飛」字作線索，串起了好幾個材料，使文章內容與形式達到高度的統一。

把縱貫式與橫貫式這兩種線索類型比較一下，我們發現，後者比前者無論是從創作還是鑑賞而言都要困難得多、複雜得多。縱貫式線索儘管也有種種不同，但終歸是符合事物發生發展的自然順序或進程，也符合人們循序漸進的普遍認識規律。作者就好比是一個循循善誘的導遊，引領遊人不知不覺地陶醉其中，產生共鳴。橫貫式線索則帶有某種哲學的抽象，行文中時有跳脫，因爲被線索連綴起來的是一些各不相干的材料。這樣，就從形式上拉開了創作者與鑑賞者之間的距離，給鑑賞者造成了一定的理解難度。不過，大手筆又特別善於處理與鑑賞者之間的矛盾，精於明爲跳脫（斷）暗爲連結（續）。善斷善續，能夠把「明斷」與「暗續」辯證地統一起來。正如劉熙載所言：「章法不難於續而難於斷……明斷，正取暗續也。」（《藝概、文概》）

對一般人來說，文章做到既要「明斷」，又要「暗續」，這當然不容易；但不做到這一點，也便難以實現鑑賞的全部目的。所以，成功的横貫式線索散文，表面看來雖然零零散散，但骨子裡卻是像一個活生生的機體一樣一脈貫通的。德國古典哲學家謝林説過：「真正的藝術作品個別的美是没有的——唯有整體才是美的。」(《藝術哲學・序論》，見周冠羣《散文探美》第一一二頁，重慶出版社一九八六年十一月版）這是告訴我們，藝術總是訴諸整體向世界説話。明乎此，我們鑑賞這類散文，就應努力發現部分與部分之間的内在聯繫，找到作品整體性營構的線索方式，然後也便可以毫無猶豫地登堂入室了。

上面我們説了縱貫式和横貫式兩種線索類型，這是散文線索的兩種基本式，所謂縱横交貫式，不過是以上兩種方式的綜合運用。

姚鼐的著名遊記散文《登泰山記》，即是一面以遊蹤爲縱線索——「余以乾隆三十九年十二月，自京師乘風雪，歷齊河、長清，穿泰山西北谷，越長城之限，至於泰安。」「是月丁未」，「由南麓登」，「越中嶺」，「遂至其巔」，「戊申晦，五鼓」，「坐日觀亭待日出」。時間、遊蹤都交待得十分清楚。另一面作者又巧妙地以「物」——「雪」爲貫穿全篇的横線索——文章以「雪」開篇，又以「雪」終篇。中間更是扣緊雪景重點描述。由此縱横交織，行文尤顯絲絲入扣，嚴整可玩。

這種縱横交貫式的線索，在一些遊記散文裡頗爲常見。這是因爲遊記如果單用一條遊踪的縱線，文章就很可能像記流水帳一樣，寫得散漫，因而往往在遊踪的縱線之外再加一條横線來約束。這是我們鑑賞時應當注意的。當然，這種線索也並非遊記散文所專有，在一般敍事散文中我們有時也可以碰到。例如曹靖華的《小米的回憶》。縱線索是以時間次第來展開回憶，橫線索即是以「小米」（物）來貫通。這就不細說了。

古人常把散文的線索藝術稱爲「一線穿珠」，這道出了單線索的純一之美；那麼，這裡的縱橫交貫式就該是「雙龍戲珠」吧。縱橫交貫式線索更能體現出作者的縝密構思，具有雙線索的變化之美，映襯之美。讀之總覺雙龍飛動，前後左右，珠光閃爍，在令人眼花撩亂之時又不失爲縱橫有度、騰挪跌宕、擒縱自如。

世界本身就是一部由千萬只構件組合的龐大而複雜的機器，內部諸因素也無不存在著這樣或那樣的聯繫，這些聯繫我想一定也可尋找出種種不同的生活線索來。同樣，一個理不出生活線索的人，對社會的認識也一定膚淺、片面。然而，線索的種類五彩繽紛，生活和人生的經緯錯綜複雜，反映到散文裡的線索藝術又何嘗不是如此？上列種種，當然還只是一個大略的概觀，然而無論怎麼變化，都超不出縱貫、橫貫和縱橫交貫這三大類型。具體如何，演繹就難以盡數了。

三、剖析結構　仔細理會

結構是散文包括一切文章的組織法則。人們常把主題比作散文的靈魂，把材料比作散文的血肉，那麽結構也就是散文的骨架了。一篇散文的內容必須得依靠結構固定並顯示出來，結構是作品思想內容的形式體現。所以，鑑賞散文，對其結構進行剖析，也就好比是對散文進行人體解剖一樣，這對於我們了解散文的內部構成與聯繫，深入到散文的骨子裡頭仔細理會其奧妙所在有著重要意義。具體步驟可從以下三個方面去考慮：

一是剖析結構由哪幾個部分組成，即給散文分段。

正如散文結構同人體骨架一樣不是一個抽象的東西，而是由很多個「部件」組成，諸如句、自然段、部分等，依次便構成散文的整個結構系統。我們所說的結構，它是包括以上各個「部件」的作品全部內容的一個整體表現形式，因此，要真正理解結構就必須得透過它的整體外形，窺見它的內部構造。

就句、自然段和部分這幾個文章的形式單位而言，句和自然段主要是出於文字表達上的需要，以造成文字上的停頓與間歇，屬於一種自然的形式單位，而且有明顯的外在標誌，容易掌握。這裡我們不去說它。部分才是作者出於內容表達上的需要，它是集中某個方面的內容爲突出主題服務的一個階段。一篇散文總是由幾個或若干個階段構成。一個階段也就是一個部分，它通常包含有幾個自然段，當然有時也可能與自然段一致。由此看來，部分是屬於一種內容上的段落，因而常常沒有外在的標誌，這對於篇幅短小的散文尤其如此。

明白部分是屬於内容上的段落，這也就決定了我們剖析結構的基本任務是什麼。剖析結構並不是爲剖析而剖析，而是爲了通過剖析達到更進一步地了解内容；同時，也只有把内容上的段落搞清楚了，一篇散文的結構才有可能在我們頭腦裡形成一個有機的整體，開合、抑揚、斷續、疏密、點面等結構特點也就會了解於心。否則，作品爲什麼這樣起，這樣收，它是如何續的，又是如何斷的等等，就會感到處處捉襟見肘，不知所措。

所以說，一篇散文到底由哪幾個部分組成，或者說可以分爲幾個階段，實際上它已成爲散文鑑賞必須經過的一道「工序」了。那麼，究竟又如何分段呢（注意：是指内容意義上的階段，而不是自然段）？這倒是一個十分複雜的問題，它與部分這個形式單位的内在性有很大的關係。但是，既然部分是散文結構的一個形式單位，就必然有它存在的依據，當然也就有了我們區分段落的依據。

比如，有一些散文的部分是有明確標誌的。像麥斯特勒思（西班牙）的《夜鶯》，用「一、二、三」的數字來表明；碧野的《天山景物記》，用小標題來顯示；東山魁夷（日）的《聽泉》用上下部分空開一行的辦法作爲標誌，等等。

有一些散文又是通過關聯詞語、承接句、過渡段等來暗示的。魏巍的《誰是最可愛的人》即是用過渡段來暗示部分的範例。本文一般分爲三個大部分，第一部分包括前三個自然段，第三部分是最後一個自然段，中間剩餘爲第二部分。第一部分與第二部分之間作者用了「讓我還是來說一段故事吧」一句單獨作爲一個過渡自然段與上文明顯分開，並啓引下文，自然進入第二部分。第二部分作者講述了三個故事，每個故事結束之後都用了幾句抒情性的插筆作爲過渡，以此顯示出三個故事的各自獨立性，從而又使這一部分明顯地表現爲三個小部分。最後部分是故事講完後的一個總收束，同時又照應開頭，自成部分也就更清楚了。

當然，有很多散文的部分既無標誌又無暗示，這就得具體分析了。不過，其總的依據或原則仍然是有的，那就是：部分總是內容意義上的形式單位，它應是具有相對獨立性的，可分可合，分之爲各個部分，合之爲統一篇章。所以，我們要抓住部分相對獨立完整的特點，把那些在內容上聯繫緊密的自然段劃分在一起就是了。或是同一時間的，或是同一地點的，或是同一性質的等等。

二是剖析段與段之間的聯繫，看是否完整、嚴謹和自然。

由於結構是散文內容的整體表現形式，因而不論作者怎樣天南海北地談吐，形式上是如何地鬆散不羈，但優秀的散文從根本上看都應是首尾一體，段與段之間的聯繫是完整、嚴謹而自然的。鑑賞散文，一旦把握了這種內部聯繫，也就猶如「庖丁解牛」一樣跨進了一種「游刃有餘」的境界，眼前便不再是一頭囫圇的「整牛」。

所謂完整，是指散文結構形式有頭有尾，有中段、部分與部分、部分與整體都有有機的聯繫，緊針密線，連貫一氣；所謂嚴謹，是指散文的各部分安排得非常妥貼、緊湊，以至無法做任何增刪更動，任何挪動或刪削都會使整體鬆散脫節；所謂自然，是指散文結構要像生活那樣渾然天成，不見斧鑿痕迹，「當行於所當行，當止於不可不止。」（蘇軾語）下面我們以朱自清的《背影》爲例，來看看本文是如何體現結構的完整美、嚴謹美和自然美的。

這篇作品既以「背影」爲題，作者即以描寫父親送別「我」的「背影」爲全文的核心，圍繞表現作者對父親的思念與敬重這一主題的需要來組織結構。文章一開始，作者就點出了父親的背影：「我與父親不相見已二年餘了，我最不能忘記的是他的背影。」接下來，作者卻又未馬上寫「背影」，而是先從徐州、揚州、南京來寫，時間由遠而近，多次重複祖母的亡故和爲老人辦喪事，又一再强調父親丟職造成經濟上的虧空，氣氛越來越濃，點出「我」對父親的同情和父親對「我」的寬慰。這一節是否與寫「背影」無關呢？大有關係。它實際上是描寫「背影」之前的必要鋪墊。沒有這個鋪墊，後面的內容就缺乏感情基礎了。這是嚴謹美。

中間部分具體寫送別，讓「背影」在送別這個特定的背景中來顯現。不過，一開始作者仍然由遠而近，爲讀者安排了兩個轉折。一是因父親忙，原說不送「我」過江上火車，但由於父親「不放心」，躊躇再三，還是親自送到浦口。由不送到送，這是一個轉折；二是上車後，一切事都安排停當，父親本打算離去，卻又依戀不捨，直至爲「我」買了橘子才離開。欲去而又不捨，這又是一個轉折。兩次轉折，雖未直接扣住「背影」來寫，但使文章在平實中顯出曲折，使父子之間的感情自然而然地步步深化，結構上也是層層遞進，直到推出全篇的高潮——父親穿越鐵道買桔子而出現的「背景」。這裡有嚴謹美，也有自然美。

再接下來，作者用了幾乎二分之一的篇幅，細緻入微地寫了這個「背影」。文中重點寫「我」看到的「背影」有兩次。第一次是父親去買橘子。穿著棉袍馬褂，拖著肥胖的身子，在鐵路兩側的月台上艱難地爬上爬下，「顯示出努力的樣子」。當「我」看到父親攀登月台的「背影」時，「淚很快地流下來」；第二次是兩人分手後，當「我」又看到父親的「背影」混入人羣中時，「我的眼淚又來了」。細膩的筆觸裡，飽蘸著作者的真情實感；從這些敍寫中，我們好像看到了電影中的特寫鏡頭，把父親的「背影」突出了，放大了，加强了；又像看到了電影慢鏡頭，把這一特定情節的速度放慢了，細節展開了，因而「我」對「父親」感激之情也便得到了充分的表達。這種「深院遞進式」的結構正是自然美的很好體現。

最後一段爲結尾部分，作者又回應開頭，再次點明作者對父親的思念，並扼要地回敍了父親一生的坎坷和父子之間感情的變化，使父親的形象向縱深鋪展，是對「背影」描寫的必要補充，從而使全文結構顯得非常統一、完整。

通過以上簡要分析，我們不難看出，《背影》在結構上真正達到了渾然一體，主次分明、無懈可擊的起步。

三是剖析結構的局部特徵，深入研究開頭、結尾和過渡。

剖析散文的結構，從大方面而言，不外乎兩條途徑：或由整體到部分，或由部分到整體。通過這樣由外到內，由內到外的兩個回合，又有什麼樣的結構不能被我們所認識呢？

上面我們說了分段和剖析段與段之間的聯繫，前者側重在由整體到部分，後者包括以下要說的則側重在由部分到整體。這正如我們觀賞一座建築，不僅要觀賞它的整體外形，同時還需要走進去，把所有過道、房間、旋梯什麼的都看一看，才能知道它具有什麼特色。了解整體與部分，這兩個方面當然都是爲了了解結構這一整體表現形式，並透過它深入掌握它所表現的思想內容。

剖析結構的局部特徵，也是進一步要求從部分入手，並達到從整體上深入把握作品各個部位安排的方法和技巧，諸如作者在敍述方法上哪裡是運用順敍、倒敍、插敍和補敍？作者又是怎樣安排波瀾節奏的？是否使用了伏筆、懸念？尤其是在開頭、結尾和過渡這些關鍵部分又有什麼特點？等等。爲了弄清它們，就有必要對散文的每個細小的部分做認真的考察和研究。

吳伯蕭的《難老泉》，在結構安排上是頗具特色的。本文雖以「難老泉」爲題，但幾乎只有十分之一的筆墨實寫山西晉祠中的「難老泉」。其主體部分則主要由「三源」、「三事」構成：探「晉祠」來歷，插入寫「桐葉封弟」的傳說；探「難老泉」來歷，又插入「柳氏坐甕」的故事；探「中流砥柱」來歷，再插入「張郎摸錢」傳說。顯然，插入部分佔去了作品很大篇幅，而這些插入部分的內容，皆爲虛幻不稽的傳說，與「難老泉」本身並無多大聯繫。但是，作者爲什麼又要把它們寫進來呢？它們到底與表現「難老泉」有怎樣的關係？看來，本文的主體部分還得仔細理會一下才行。

縱觀全文，我們再認真研究一下作者插入的三個故事，就不難發現，作者在結構上採用的是先立主體，然後巧妙穿插，層層襯托，層層鋪墊，處處都體現出一種擁主之勢，顯得非常妥貼、嚴謹，了無鬆脫之感。在敘述方法上，是以訪「難老泉」這一事件爲順序，以順敘爲主線，再輔以三個故事的插敘。前者爲實，後者爲虛，虛實相間，趣味盎然；再加上開頭結尾，穿插了許多有關人事與「人化自然」景物，從而集中表現了人改造自然的偉力，讚頌了人化的自然美。

隨著作者訪「難老泉」的結束，文章也就自然收煞了，最後一句是畫龍點睛之筆：「到現在五個年頭過去了，『永錫難老』，記憶還是新的。」這個結尾我們千萬不要放過。實際上，它已暗示出作者寫「難老泉」並不是著重寫它本身如何美，而更多的是作爲一個象徵性的符號，立意在泉外，著意歌頌人的力量。明乎此，對作者在中間大量使用看似與泉無關的插敘也就不難理解了，文章使人獲得的是一種人力無限，大自然「青春常在」的象徵美感。

在散文裡，那些過渡性的段落在結構上有著突出的地位，它像一條紐帶把上下部分緊密地連接在一起，而且時常是作爲意脈的「草蛇灰線」來引領鑑賞者去深識鑑奧。前面我們談到的《誰是最可愛的人》這篇散文，就多處運用過渡段，它們在結構上所起的作用是不言而喻的，在剖析結構時必須細心觀察。

由於散文取材的片斷性，因而開頭、結尾與主體部分在形式上的聯繫並不十分緊密，在文中也常常具有一定的獨立性，而且也是作者們特別追求的地方。所以，開頭、結尾與主體的實質關係怎樣，開頭、結尾在整體結構上的突出作用是什麼，這些我們不得不考慮。

總的說來，剖析結構是一項比較複雜的工作。常見到有一些青年讀者對散文做結構剖析，把作品分成幾段，概括出每段大意，以爲這就抓住了散文的結構特點，這是十分錯誤的。況且，散文的結構形式又最富有變化，剖析結構又不可能有什麼固定的框框去套，應特別注意具體結構具體分析，以上所談不過是給一般讀者指出了一個剖析結構的大致方向。

第七章　散文鑑賞的三個重點

一、因聲求氣　循聲得情

作家秦牧曾談到這樣一個故事：某國有一個著名女演員，拿著一張菜譜，以另一個國家的語言當衆朗誦，運用的是她演出悲劇時的腔調，那沈痛蒼涼、淒苦激烈的音調，竟使座中有人爲之淚下。人們起初不知道她究竟朗誦的是哪一部著名悲劇，到後來才弄清楚那不過是一張菜譜罷了。（參見秦牧《語林采英》第一四二頁，花城出版社一九八三年二月版）一張菜譜，不可能有什麼情感內容，況且還是他國語言，但它卻幾乎使人泣下，這個故事生動地說明了語言的聲音本身是有著獨立的表情作用的。那麼，它對於我們鑑賞散文又有何啓示呢？讓我們還是從散文的創作談起吧。

散文，可謂是言情的藝術。我們知道，人的情感是不見之於形的抽象的東西，必須得靠語言符號表現出來，但漢語符號本身包含有形、聲、義三個方面，因而在表情上就有了種種複雜的關係。我們的漢語，就一個個單字來看，它們雖然不可能有什麼變化，但因每個字都有形、聲、義三個方面，這樣組合起來就不僅僅可以表現出不同的情，而且還因不同的組合在形、聲這兩個方面也可以產生出不同的效果。為什麼那些優秀的散文作家，在運用語言的時候是從不滿足於「辭達」而已，更多的是還要講究「辭巧」呢？道理也正在這裡——就是語言在形、聲方面也具有表情作用，而且可以脫離它的固有意義而獨立存在——至少此為作者講究「辭巧」的一條主要原因之一。所以說，作家運用語言，不僅僅是個選「義」的問題，還要選「形」（在字而言是指筆畫結構，在文中是指句子的參差、整齊和語法構成，這裡取後者）和選「聲」（在字而言指讀音，這裡側重指句子的音樂感）。值得注意的是，選「形」是為了選「聲」，是以「形」的變化來造成「聲」的變化，最終達到更好地傳情。因為「形」本身不可能有獨立的意義，只有通過「聲」來傳情，比如音樂正是利用了「聲」具有傳情性的特點而產生的。

聲與情的密切關係，我國古代的《樂記》曾講過一段很好的話：

> 樂者音之所由生也，其本在人心之感於物也。是故其哀心感者其聲噍以殺，其樂心感者其聲嘽以緩，其喜心感者其聲發以散，其怒心感者其聲粗以厲，其敬心感者其聲直以廉，其愛心感者其聲和以柔。

這段話的大意是說，當人悲哀之時，其聲急促低沈；當人歡樂之時，其聲和緩寬舒；當人憤怒之時，其聲粗莽嚴厲；當人喜悅之時，其聲響亮清脆；若懷敬仰之情，其聲莊重正直；若懷愛慕之情，其聲則和婉柔美……可見，有怎樣的情緒就該有怎樣的聲音來傳達。

那麼，散文作家們又是如何利用這聲音要素的呢？我想主要是依靠語句的錯綜和聲音高下的奇妙調節，使人讀起來就會覺得具有了聲感變化，同時還會感到有一種生氣灌注。林紓說：「文之雄健，全在氣勢，氣不旺，則讀者固索然。」（《春覺齋論文》）實際上，氣之形成，也全是聲感的作用。正如劉大櫆在《論文偶記》中所說：「音節高則神氣必高，音節下則神氣必下，故音節爲神氣之迹。一句之中，或多一字，或少一字；一字之中，或用平聲，或用仄聲；同一平字仄字，或用陰平、陽平、上聲、入聲，則音節迥異，故字句爲音節之矩。積字成句，積句成章，積章成篇，合而讀之，音節見矣；歌而詠之，神氣出矣。」氣不可能憑空存在，語言的聲音節奏正是文氣存在的形迹。

作者因情而發之爲辭，辭生則聲音與文氣也便隨之產生了。好比人們平常講話，有了意思才講，要講就得必須借助於語言（辭），而運用語言的時候又少不了抑揚頓挫、輕重急徐的語氣。語氣在文章裡便是文氣。這個過程即是：情——辭——氣——聲。但就一般人寫文章來看，往往忽視了「聲」和「氣」，只求把個意思隨便用什麼「辭」表達出來而已，這是要不得的。大凡優秀的散文，都是情、辭、氣、聲四者並重，並奇妙地媾合在一起，從而產生最優的藝術效果。譬如我們來看日本作家德富蘆花的《大河》：

不妨站在一條大河的岸邊，看一看那泱泱的河水，無聲無息，靜靜地，無限流淌的情景吧。「逝者如斯夫」，想想那從億萬年之前一直到億萬年之後，源源不絕，永遠奔流的河水吧。啊，白帆眼見著駛來了……從面前過去了……走遠了……望不見了。所謂的羅馬大帝國不是這樣流過的嗎？啊，竹葉漂來了，倏忽一閃，早已望不見了。亞歷山大，拿破崙翁，盡皆如此。他們今何在哉。溶溶流淌的唯有這河水。

僅從這一段來看，就足以感受到「大河」那種一瀉千里的奔放氣勢。這種氣勢，即在於作者在遣詞造句中注意了句式的安排。短至一個字，長至近二〇個字，大開大合，恣肆放縱；同時，加上多處排比的運用更是强化了語言的急促感；前面幾句又分別以「看一看」和「想想」這兩個主詞領起，貫穿好幾個分句，即「以一詞句統帥許多詞句，足以加强文氣。」（夏丏尊、葉聖陶語）從而把作者對「大河」「浩浩前行」、不斷追求的情懷表達得淋漓盡致、情辭一體，聲氣俱顯。

劉熙載說：「作者情生火，斯讀者文生情。」（《文概》）這表明讀者鑑賞作品恰好要和作者走一個迎頭路。具體而言，創作散文既是「情——辭——氣——聲」，那麼鑑賞散文便是：聲氣——辭——情。這也就是說，散文鑑賞要特別注意抓住聲感的突破口，從聲感出發，因聲求氣，循聲得情。朱自清先生甚至這樣說：「……詩文主要是靠了聲調，小說主要是靠了情節。過去一般讀者大概都會吟誦，他們吟誦詩文，從那吟誦的聲調或吟誦的音樂得到趣味或快感，意義的關係很少；只要懂得字面兒，全篇的意義弄不清楚也不要緊的。」朱自清《論雅俗共賞》第十二頁，生活・讀書・新知三聯書店一九八三年十二月版）朱氏進一步强調了聲感之於散文鑑賞的重要性，它不是沒有道理的。

有這樣一個故事：清朝末年福建有個叫陳衍的人，五歲時讀《孟子・不仁者可與言哉》章，又讀《小弁小人之詩也》章，愛好它的音節頓挫，讀了又讀。他的父親從外面回來了，聽了面露喜色，說：「這孩子對於書中的道理，大概有很深的體會了。」爲何陳衍的父親能夠從兒子的讀書聲中測知出讀者對散文的理解程度呢？這似乎有點奇怪，實際上這正是散文鑑賞的一條重要規律和方法。創作者把自己的情寓於參差錯落、聲氣俱顯的字裡行間，鑑賞者即可從語句聲調的高下、緩急、頓挫、轉折裡頭體會到原文的聲情。因而，陳衍的父親聽了兒子讀書的聲調，自然就知道他對原文的理解程度了。

因聲求氣、循聲得情，就是根據文章的言之短長、聲之抑揚來誦讀，並通過誦讀來體會作者貫穿在作品裡的文氣，又通過對文氣收放的品味去體會作者的情感。夏丏尊和葉聖陶兩位先生合著的《文章講話》。（一九三八年五月開明書店版）其中還這樣明確指出：

文氣這東西，看是看不出的，聞也聞不到的，唯一領略的方法，似乎就在用口念誦。要領略文章的氣勢，念誦是唯一的途徑。念誦起來須急忙追趕，不能中途停滯的就是所謂氣勢旺盛的文章。

這裡，同樣也是講的因聲求氣、循聲得情的必要。所以我以爲，鑑賞散文切忌像讀科學論文一樣只是著意在裡頭分解，當我們完成了對某篇作品基本知識（包括線索、主題、結構等）的了解以後，大部分的時間則應放在誦讀上，由此自得文中奧妙。

散文的誦讀自然不必像詩歌的吟誦那樣有很多講究，只要符合散文的自然節奏就行，誠如唐順之在《董中峯侍郎文集》中所說「法寓於無法之中，出乎自然而不可易」的。誦讀散文，原無一定的讀法，這與散文行文的灑脫有很大的關係，但也並不是一味的毫無組織，或長或短，或排或偶，或承或轉等等，切有一定之妙，往往世以因聲而求，同時又難以用幾句話把它說出來。朱自清先生談到自己的創作時說：「我自己在作文時，如果碰上興會，筋肉方面也彷彿在奏樂，在跑馬，在蕩舟，想停也停不住。如果意興不佳，思路枯澀，這種內在節奏就不存在，盡管費力寫，寫出來的文章，總是吱咯吱咯的，像没有調好的弦子」。（轉引自周冠羣《散文探美》第五八頁，重慶出版社一九八六年十一月版）他所說的「興會」，我想正是情、辭、聲、氣融爲一體之後的一種不得已的境界，在這種境界之中寫出的散文需要鑑賞者仔細誦讀是無疑的。如果專靠分析研究就很難得在文章內在的節奏、氣勢與情調。李樂薇的散文《我的空中樓閣》有這樣一段：

我把一切應用的東西當作藝術，我在生活中的第一件藝術品——就是小屋，白天它們清晰的，夜晚它是朦朧的。每個夜幕深垂的晚上，山上亮起燦爛的萬家燈火，山上閃出疏落的燈光。山下的燈把黑暗照亮了，山上的燈把黑暗照淡了，淡如烟，淡如霧，山也虛無，樹也縹緲。小屋迷於霧失樓台的情景中，它不再是清晰的小屋，而是烟霧之中、星點之下、月影之側的空中樓閣！

我們的眼睛一接觸到這樣的文字，彷佛字字句句就自然而然地在我們心目中跳動起來，有一種美的音符在打動我們的心坎，情不自禁地念出聲來，並「將頭仰起，搖著，向後面拗過去、拗過去。」這是怎樣的一種聲情並茂的享受呢？這種愜意的美感難道是幾句話能夠說得出來的嗎？

散文的誦讀還要求必須長久地熟讀，光一二遍不可能讀出文章的聲情來，只有在爛熟文後，才有可能對文章內容有深切的了解，也才會高下合度，緩急相宜。我之神氣皆與作者相通融，一吞一吐，均由彼而不由我，語言之音節一併並奔湧在我喉吻間，出神入化，融液浹洽，覺他人聲中難寫，響外別傳之妙，一起從聲情中溢出，由此自然鏗鏘發金石。

二、縱觀全局　探索主題

主題亦叫中心，是作者在散文裡所表現出來的對人類社會種種現象的態度和觀點，它是一篇散文形成的靈魂，任何一篇優秀散文都不可能沒有主題。沒有主題的散文，只能是一堆雜亂無章、內容空洞的語言材料。古人所謂「意在筆先」，即在寫作之前要先確定一個明確的主題，然後才好構思謀篇，「意」是作者選材、構思的依據。既然如此，那麼我們鑑賞一篇散文，就不得不弄清它的主題，將散文的「靈魂」——主題探索到了，也就等於抓住了散文作品的本質。可以說，縱觀全局，探索中心，這同樣是散文鑑賞的一個決定性的步驟。

在我國古典鑑賞美學的理論中，有句所謂「詩無達詁」的古話，它道出了探索詩歌主題的難處。不過，與詩歌相比，對散文主題的探索則容易得多。而且在幾種文學體裁中，散文在表現作品主題方面要算是最爲顯豁的了。詩歌講究的是「不著一字，盡得風流」；小說追求的是作者的見解在作品裡表現的越隱蔽越好；戲劇又根本不容許作者在旁邊說話，作品的主題是全部通過劇情的展開來表現；散文則强調寫徹底的真實，强調抒寫作者本人的主觀情感，同時也不像詩歌那樣受篇幅和聲律的限制，因而在主題表現上就往往顯得自由一些，清楚一些，直接一些。

我們這樣說，是否散文的主題就一看便知呢？當然不是。大凡中外那些優秀的散文，作者也並不是以一個明確的概念分明地把自己的意旨傾箱倒篋地置於讀者面前，主題總是充溢在作品的字裡行間，像光充溢在水晶裡一樣，這大概就是文學表現主題的一個共同特徵吧。

正是這個緣故，探索散文的中心看起來似乎很明白，很輕鬆，但如果想用幾句話準確地說出它的主題又並非易事，這是一般人常有的經驗。有些人鑑賞散文，也正在這裡出問題，往往喜歡憑著一點直感去判斷作品主題，並未深入下去做仔細具體的分析，結果使作者本人也會大吃一驚。這當是散文鑑賞的悲劇。所以說，要探索散文的主題，須得遵循正確的途徑和掌握科學的方法才行。

根據鑑賞對象以及鑑賞主體的差異，探索散文主題的途徑與方法也是多種多樣的，這裡我們不妨也做一些粗淺的探討。

第一，從作品的寫作背景探索主題

按照文學的一般原理，一篇好的散文，都是一定的社會生活在作者頭腦裡的反映。那麼，主題的表現也就不可能離開一定的寫作背景和作者其人的世界觀的制約。所以，想辦法弄清作品是在作者怎樣的心境之下寫出來的，當時的時代背景、社會環境如何等，這對探索散文主題就顯得很有必要了。

第二，從作品的「文眼」探索主題

文眼，是指那些特別精煉警策的詞句，是作者精心安置的「慧眼」，也即散文主題的凝聚點。俗語云：「眼睛是心靈的窗子。」從一個人的眼睛裡，可以窺見他的內心世界。在散文寫作中，作者也十分注意用關鍵詞句來「畫龍點睛」，這點睛之筆，正是我們探索散文主題的直接途徑。劉熙載說：「文家皆知煉句煉字，然單煉字句則易，對篇章而煉字句則難。字句能與篇章映照，始爲文中藏眼，不然，乃修養家所謂瞎煉也。」（《藝概・文概》）他又說：「余謂眼乃神光所聚，故有通體之眼，有數句之眼，前前後後無不待眼光照映。」（《藝概・詞曲概》）所謂「神光」，即散文的主題；所謂「照映」，即指主題對散文的統攝作用。由此看來，「文眼」在散文裡並不是可有可無的東西。

例如，柳宗元《捕蛇者說》中的「苛政猛於虎」，杜牧《阿房宮賦》中的「後人哀之而不鑒之，亦使後人而復哀後人也」；朱自清《荷塘月色》中的「這幾天心裡頗不寧靜」；蕭伯納《貝多芬百年祭》中的「貝多芬的音樂是使你清醒的音樂，而當你想獨自一個靜一會兒的時候，你就怕聽他的音樂」；……都是「神光」閃爍之處，是貫穿全篇的中心，透過它即可以窺探文心的奧祕。

就拿蕭伯納的《貝多芬百年祭》來說吧，作者在貝多芬逝世一百年之後來寫這篇悼念文章，自有它的深意。但作者並未去全面地寫貝多芬坎坷的一生，而是從很多材料中截取了幾個片斷，側重分析了他的音樂作品的特色——充滿了在善與惡、光明與黑暗、進步與反動的鬥爭中迸發出的激情。它生氣勃勃，悲憤、昂揚、積極、歡樂，教人起來拼搏——如此等等，均由「貝多芬的音樂是使你清醒的音樂……」這一「神光」統攝在一塊，這就是「文心」所在。

有些人鑑賞散文，並不怎麼注意「文眼」，這樣儘管讀了很多遍，往往只能抓住一些枝節性的問題，也就不可能揭示「全文之旨」，深入理解文章的主題。

既然「文眼」與散文主題之間有如此重要的關係，那麼又如何才能識別「文眼」呢？一是注意從字面上區別，「文眼」一般是經過作者反復錘煉了的，常常以精煉警策的語句出之，像上面提到的《捕蛇者說》、《阿房宮賦》、《貝多芬百年祭》的「文眼」即是。二是注意在篇首和篇末去找。劉熙載云：「揭全文之旨，或在篇首，或在篇中，或在篇末。在篇首則後必顧之，在篇末則前必注之，在篇中則前注之，後顧之。顧注，亦所謂文眼者也。」（《藝概．文概》）但終以在篇首和篇末者爲多，尤其是篇末，古有「卒章顯其志」之說，篇末常是「文眼」所在。如上面所舉大都也是如此。惟《荷塘月色》在篇首。三是注意那些反復在作品中出現的句子，如豐子愷《憶兒時》裡的「這回憶一面使我永遠神往，一面又使我永遠懺悔」。文中即三次將這一「文眼」反復，猶如音樂中的主旋律一樣，頻頻撥動讀者的心弦，突出主題。

第三，從作品的重點段落探索主題

一幅畫，一個舞台布景，一間房子的布置等等，總之，任何事物的外部排列，若要表現美並收到良好的美感效果，都要運用重點這一美學原理。比如布置一間房子吧，如果不分輕重主次地到處張貼著花花綠綠的圖畫，到處充塞著各種各樣的東西，各自爲政，自顯神通，這就只能給人以不倫不類、雜亂無章之感，談不上什麼美。我們鑑賞那些優秀的散文，不難發現，作家們也是十分講究運用重點這一美學原理的。

作爲一篇散文的主題，它固然得通過作品的每一個段落表現出來，但它絕非平均分布在各段裡；每個段落固然也都要爲表現主題服務，但它們所擔負的具體任務並不全部相同。或在描寫某個具體的部位，或在敍述某個事件的過程，或在結構上承上啓下以表明過渡等等。可以說，一篇散文的大部分段落與主題的關係並不十分緊密、直接，一般都起著一個襯托的作用，有的甚至完全是出於結構上的考慮，與主題全無關係。正如秦牧所說：「一篇作品裡面，總得有它的特別强烈細緻的尖端部分。正像一齣戲劇有它的高潮，一闋音樂有它的旋律緊張處一樣。如果從頭到尾，都像緩慢的泥河似的，流水不快不慢，毫無突出之處，就不會動人。」（《散文創作談》，見《長街燈語》第一〇八頁，百花文藝出版社一九七九年版）這裡說的「尖端部分」，如果我的理解不錯，也是指一篇散文的主題思想、主觀激情的「關節點」，它是通過作品中的某幾個重點段落表現出來的。這樣的「尖端部分」，通常是支撐一篇散文的「力點」部分。

如此看來，散文在表達主題上，也有一個符合重點這一美學原理的問題。鑑賞時，在通讀的基礎上，就該抓住那些重點段落去探索主題。試以黎巴嫩散文家紀伯倫的《笑與淚》爲例，作品是通過對一富一窮、兩對戀人、兩幅戀愛畫面的描寫，形象地讚頌了一種純潔忠貞的愛情，它像亙古存在的大自然一樣具有永恆的力量。全文共有八個自然段，第一自然段不過是一個引子，接下來六個自然段都是具體描述，是從對立的兩端來組成兩對人物的特寫：一對是，男子以百萬財富來竭力討好女子的歡心，女子在滿嘴銅臭味的男子面前飄飄然了；另一對是農家青年男女，他們雖都忍受著貧窮的折磨，卻能心心相印，熾熱的愛情沖散了長噓短嘆的感傷。行文至最後第八自然段，作者便在此基礎上做了畫龍點睛的順理成章的議論：

那時，我注視著那沈睡的大自然，久久地注視著。於是，我發現那裡有一種無邊無際的東西，一種用金錢買不到的東西；一種用秋天淒涼的淚水所不能沖洗掉的東西；一種不能為嚴冬的苦痛所扼殺的東西；它是那樣堅強不屈，春來生機勃勃，夏到碩果累累。我在那裡看到了愛情。

抓住這個段落，再對前面的具體對比描述稍作思索，全文的主題至此不是呼之欲出了麼？

第四，從作品的內部聯繫中探索主題

很大一部分散文，表面看來的確是「散」的，正如泰戈爾說的：「散文就像漲大水時候的沼澤，兩岸被淹没了，一片散漫。」（轉引自《文學寫作教程》第七六頁，華東師範大學出版社一九八四年九月版）但是，光「散」不成文，好的散文其内部卻是聯繫緊密的。莊子的《逍遙遊》：「看似胡說亂說，骨裡卻盡有分數。」（劉熙載《藝概．文概》（這「盡有分數」就是指文章並未散開去，内部仍是一脈貫通。《逍遙遊》中的忽上天，忽入地，忽說鵬，忽說蜩與鷽鳩、斥鴳，忽說宋榮子、許由、接輿、惠子等等，實乃都是爲創造一個無己、無功、無名的「逍遙遊」的境界服務。這樣「逍遙遊」的思想情調也即作品聯繫的樞紐。

一篇好的散文都是一個有機的整體，它的主題便是將看似無關的各部分聯繫起來的意脈。因此，循章求旨，在作品的内部聯繫中掌握行文的來龍去脈，探索主題，這也是一個有效的辦法。至於具體如何弄清散文的内部聯繫，主要有兩條，一是牽住線索；二是與剖析結構結合起來。前者在上一節已闡明，後者我們將在下一節專門論及。

第五，從作品的總體傾向上探索主題

探索散文主題有個最爲常見的毛病，就是不從作品的全局著眼，不從全部題材的總傾向考慮，而往往是孤立地從某一枝節、某一部分來歸納主題，這是一個至關重要的問題。

魯迅的《阿長與山海經》，有人說到本文的主題時認爲：

魯迅這篇文章把舊思想、舊文化、舊習慣的奴隸——阿長，和不克厥敵、戰則不止，敢於向一切舊事物挑戰的刑天加以鮮明的對照，是為了號召人們起來革命，粉碎祖傳的「孔孟之道」的精神牢籠，放下幾千年來舊文化、舊思想的因襲重擔，為實現人類的解放，促進社會的進步，向社會上一切壓迫者發動猛烈地進攻。

——引自《中學現代散文分析》第五四九頁，山東人民出版社一九八〇年八月版

這個主題顯然歸納錯了。誠然，文中確也有像「她（指阿長）懂得許多規矩；這些規矩，也大概是我所不耐煩的」；「我實在不大佩服她。最討厭的是……」之類的話。但從總體傾向而言，我們是可以窺見出作者對長媽媽是帶有十分愛意的。雖然文中並未直接表露這種情感，反以一種戲謔的口吻來寫她，寫她如何精神「嚴肅」地講述關於「長毛」的無稽之談；寫她如何傳授那些「麻煩的禮節」；還特別細緻地描寫正月初一早上，她怎樣「惶急」地搖著他的肩頭，盼望他說「阿媽、恭喜……」的情景；也寫她如何不知從哪裡給作者弄來了久已嚮往的繪圖的《山海經》，等等。在這裡，作者是將自己深情的懷念隱蓄在生動的刻畫中，直至文末作者才有些抑制不住地說了一句：「仁厚黑暗的地母呵，願在你的懷裡永安她的魂靈！」明顯地透露出作者對長媽媽的愛意。當然，這種愛並不是愛她滿腦子的封建禮節之類，而是愛她的淳樸，愛她的風趣，愛她給自己的童年生活帶來了種種歡樂；對長媽媽一生的渾噩，也不過由愛而轉成的傷感。愛，

應當是本篇散文主題的基調，並不是批判「阿長」讚揚「刑天」的篇章。特別是關於「刑天」，作品裡只是順便提及，論者就此大加發揮就更是牽强附會了。

與其他文學體裁比較，散文表現主題並不是通過完整的情節，也不是集中通過某一、兩個典型化的人物等，而常常是通過一些事實的斷片、生動的場面、作者的感懷來表現的。正是如此，從總體傾向上探索主題就顯得更爲重要了，原則是很容易謬謬於偏的。

當然，我們這樣講，也並未否認對作品「文眼」或重點段落分析的必要性。部分與整體，總是一對矛盾的統一體。這裡要重複强調的是，分析部分要從整體著眼，分析整體又要從具體的部分入手。

二、玩味理趣　回環解釋

散文以情動人，是情種的藝術，但散文之言情常常是在情感的血肉裡包裹著深刻新警的思想從心底吐出，充溢著誘人的理趣。一篇好的散文之所以感染人，大半即在於作者寫出了一點新的東西，提出了一種新的思想，閃射出議論的火花，照徹讀者的心懷。劉熙載在《文概》中曾明確地說：

文以識為主。認題作意，非識之高卓精審，無以中要。才、學、識三長，識尤為重，豈獨作史然耶？

如果我們不吹毛求疵地理解劉氏這幾句話，我以爲他是深中肯綮地道出了散文創作的一大藝術天機的。「識尤爲重」，「識」即指作者表現在散文裡的見識、思想。

散文屬於文學之一種，固然應以形象來反映生活，但它是否就是排斥了所有理念識見似的議論呢？否！小說、戲劇或許應將作者思想傾向的直接表露壓低到最低限度，而散文則是恰恰相反，是允許作者在作品裡直陳己見的。打開中外散文藝術寶庫，瀏覽一下那些傳世名作，無不是閃爍著理性的光輝。我國古代散文，像先秦的孟子、老子、莊子等，不正是「識尤爲重」的藝術體現嗎？如果抽去先秦散文中深湛而鮮活的思想認識內容，恐怕也就會完全喪失其存在的價值了。在現代散文家中，凡有一定影響的作家，他們在作品裡所披露出來的見識水平，難道是我們一般人所能企及的嗎？在國外，高爾基的《時鐘》、哈·紀伯倫（黎巴嫩）的《人之歌》、茨威格（奧地利）的《從羅丹得到的啓示》、蕭伯納（英國）的《貝多芬百年祭》等等，它們對社會、人生、歷史等的入木三分的識見，至今仍銘刻在千萬讀者的心中，令人常讀常新。

大致說來，散文中的識見議論，主要有三種情況：一是以寫景敘事爲主，在適時的時候，作者站出來用幾句精闢的話作部分式的議論，使之成爲點亮題旨的晶瑩之光。此所謂「立片言以居要，乃一篇之警策」。（陸機《文賦》）譬如曾獲得諾貝爾文學獎金的日本作家川端康成的遊記《我的伊豆》，作品中間部分主要是描敍伊豆的美麗，但作者的開頭與結尾卻很不一般化。開頭寫道：

伊豆是詩的故鄉，世上的人這麼說。

伊豆是日本歷史的縮影，一個歷史學家這麼說。

伊豆是南國的楷模，我要再加上一句。

伊豆是所有的山色海景的畫廊，還可以這麼說。

整個伊豆半島是一座大花園，一所大遊樂場。就是說，伊豆半島到處都具有大自然的惠贈，都富有美麗的變化。

這一開頭，看似平凡卻奇絕。作者巧妙地借用議論集中地突出了伊豆之美，接下來便分別描述，直至文章結尾，作者又使之與開頭相呼應，再用直接議論收束全文：

現在，人們都這麼說，伊豆的長津呂是全日本氣候最宜人的地方，整個半島就像一個大花園。然而在奈良時代，這裡卻是可怕的流放地。到源賴朝舉兵時，才開始興旺發達起來。幕府末期，曾一度有外國黑船侵入。這裡的史跡不可勝數，其中有范賴、賴家遭受禁閉的修善寺，有掘越御所的遺址，有北條早雲的韮山城等。

請不要忘記，自古以來，伊豆在日本造船史上，發揮著重大的作用，這正因為伊豆是大海和森林的故鄉啊。

由此把作者對伊豆的美感上升到了哲理的高度進行了總結，並戛然而止，言有盡而意無窮，啓人深思。

這種部分似的議論，或爲一句，或爲數句，或爲一節，一般都是穿插在敍事、寫景之間，其位置十分靈活。

二是以議論爲主，通篇流動著作者真知灼見的思辨、睿智之美。請讀梁遇春的《笑——〈醉中夢話㈠〉之一》中的這個片段：

……的確只有對生活覺得有豐溢的趣味，心地坦白，精神健康的人才會真真地笑，而真真地曲背彎腰地眼淚都擠出笑後，精神會覺得提高，心情忽然恢復小孩似的天真爛漫。常常發笑的人對於生活是同情的，他看出人類共同的弱點，事實與理想的不同，他哈哈地笑了。他並不是覺得自己比別人高明（所謂驕傲）才笑，他只看得有趣，因此禁不住笑著。會笑的人思想是雪一般白的，不容易有什麼性狂，誇大狂同書狂。……

這篇文章，從頭至尾都是這樣的飽含著無限機趣與哲理的議論，使文章處處都跳動著作者睿智的火花，頻頻攪動著讀者的不平的思緒，令人無不爲作者不時的精闢之見而拍案叫絕！

正是寓理於景、寓理於物、寓理於事，客體與主體融爲一體似的議論，作者筆下的形象與小說、戲劇中的形象之不同在於明理，在於能由此及彼，它看似或敍述、或描寫，實則是議論。而小說、戲劇中的形象的目的卻在於以塑造典型形象來反映生活，不以明理爲己任。

讓我們看看高爾基的《海燕》吧，作者開始寫了暴風雨前夕的大海，然後又寫到海鷗、海鴨的呻吟，又寫了企鵝的膽怯，寫了海燕的歡樂和渴望……所有這一切，作者大都是以描寫出之，但實際上作者是把海鷗、海鴨等作爲不同的寓意形象來進行議論，並在文末作者還給予了暗示：「這是勇敢的海燕，在怒吼的大海上，在閃電中間，高傲地飛翔，這是勝利的預言家在叫喊：——讓暴風雨來得更猛烈些吧！」這其中所寄寓的哲理我想讀者並不難理解。

再如豐子愷的《吃瓜子》。從題目看，作者當然是敍述「吃瓜子」這件在日常生活中司空見慣的事情了，但作者也是爲了寓理於事。當我們讀著讀著，便會漸漸隨著作者那繪聲繪色的敍述，不期然地走入一個讓你嚴肅思考、驟然驚警的議論境界：從吃瓜子的「格，呸」、「的，的」的聲音中，想見到了「消磨去的時間」，進而想見到「全中國」將會「消滅」在這一片「的，的」

聲中的危險。作者能把這種些微題材寫得如此精警，又如此富有理趣，的確非大手筆所不能爲。

以上，散文「以識爲重」的這三種類型，第一種多見於寫景敍事散文，第二種多見於議論散文，第三種多見於抒情散文。同時，具體到某一作品可能還比較複雜，以上不過是幫助散文鑑賞者了解散文藝術的內部規律，使我們的鑑賞能夠向縱深發展。

既然散文創作是「以識爲重」，那麼，對於散文鑑賞者來講，就得把玩味理趣擺在一定的地位。散文中的識見議論，不同於哲學中的抽象說教，而時常是理與趣的調和，這在上面的舉例裡已看得出來。研究如何品味散文的這種理趣呢？我以爲最好是運用回環解釋的辦法——即對那些精闢之論反復的體會，先了解每個詞的字面意思和它的內在意蘊，積詞成句，再了解每句話的意義，積句成篇，再把每句話放到整篇文章裡去理解，進而把握其全篇的識見深度；然後又回過頭來，居高臨下，從全篇的識見所指再來體會每句話的意義，又從每句話的意義進一步審察每個詞的妙處。由此，經過「詞——句——篇」和「篇——句——詞」的多次反復與回環解釋，又何愁咀嚼不出無窮的滋味呢？！

我們不妨再來看一段文章，朱自清的《這一天》：

從兩年前這一天起，我們驚奇我們也能和東亞的強敵抗戰，我們也能迅速地現代化，迎頭趕上去。世界也刮目相看，東亞病夫居然奮起了，睡獅果然醒了。從前只是一大塊沃土，一大盤散沙的死中國，現在是有血有肉的活中國了。從前中國在若有若無之間，現在確乎是有了。

從兩年後的這一天看，我們不但有光榮的古代，而且有光榮的現代，不但有光榮的現代，而且有光榮的將來，無窮的世代。新中國在血火中成長了。

按照回環解釋的步驟，先審察字詞，當然並不一定每個字詞都一一細究，主要是對那些關鍵的字詞而言，特別是有深刻意蘊的詞，如上面的「東亞病夫」、「睡獅」、「散沙」、「若有若無」等，只有把這些詞的意思搞清楚了，然後才能讀懂這一句話。把每一句話的基本意思搞清楚之後，再就把它們聯繫起來放到整個文章裡來審察，比如說作者說的「光榮的古代」、「光榮的現代」和「光榮的將來」，顯然是以兩年後的「這一天」爲界限，那麼「這一天」到底有著怎樣的意義呢？作者的識見所指究竟又是什麼？當我們聯繫整個文章稍作思考，也就知道「這一天」是指「七七」抗戰兩周年紀念日，以此是在表明作者爲新中國的誕生、爲抗戰的最後勝利而引頸展望、仰嘯高歌。經過這樣一番仔細的理解，對全文自有所悟；不過，它很可能還只是一個大致的把握，要深入地鑑賞，還有待從「篇——句——詞」再作思考。這時候當你回過頭來，再細細咀嚼「睡獅」、「若有若無」以及「現在是有血有肉的活中國了」、「新中國在血火中成長了」

等詞句，一定會有更深層的體會。作者對祖國深沈的愛戀，對光明的熱烈憧憬，對日本侵略者的切齒痛恨，均以融情入理的議論來抒情，以情馭理，情理俱美。作品中的這種抒情的理趣也就自然會從你玩味的口角邊溢出。

一般人讀散文，往往是匆匆而過，了解一個大略意思也就止步了，這是不可能深識鑒奧，探驪得珠的。散文題材的片斷性和手法的靈活性，以及內容的概括性，更需要我們鑑賞的時候一回頭、再回頭，反復咀嚼，覓取理趣。

在回環解釋的過程中，要善於提出問題，找到了問題，再結合原文來求解答，這樣才能深入進去。柳宗元在他的《非國語．問戰》裡，曾對著名的歷史散文《曹劌論戰》提出疑問。《曹劌論戰》講的是齊魯長勺之戰，文中寫到曹劌問莊公憑什麼作戰，齊公說祭神的時候，祭品不敢虛報，一定向神說實話。（「犧牲玉帛，弗敢加也，必以信」）曹劌則告訴他，一點小恩小惠，神不會給您賜福。（「小信未孚，神弗福也」）對此，柳宗元在《問戰》裡說，是不是要給神多多獻上一些祭品就好了呢？但決定國家存亡和百姓命運的戰爭，不求實際，卻問神道，這就很危險了。這樣對齊莊公的話提出了異議，這就不是浮於表面的鑑賞了。

不過，柳宗元的話也並不是不可再懷疑的，魯迅在《再論雷峯塔的倒掉》裡，又曾指出孔子是生在巫鬼極盛的時代，齊莊公要比孔子早得很多，那他更是生在巫鬼極盛的時代。當時，在作戰前都要求神保佑，這是時代的風氣。所以，應當把齊莊公放在他所處的巫鬼極盛的春秋時代去理解。看來，柳宗元的批評又未免顯得偏頗了。這樣的鑑賞，就更加深入了一層。

散文的理趣只有在這樣回環解釋、反復設疑的玩味中見出。另外值得注意的是，我們鑑賞散文，切忌不能被一些評論文章所左右，再有權威的評論也不等於自己的鑑賞。只有當我們自己真正鑽進去了，對每個詞、每個句子都有了切實的理解，才可能見得真切，懂得透徹，發現理趣。

第八章　散文鑑賞的兩個難點

一、辨明作法　深入體察

儘管人們時下對散文創作有無技法的問題又展開了論爭，而且給人還有點目迷五色之感，但客觀地從散文創作的實踐來說，一切優秀的散文作品，都應當是「有技法」與「無技法」的和諧統一。說它「有技法」，是因爲任何一位有作爲的散文作者都不能一任自己的情感去隨意發洩，驅遣語言、駕馭材料、想像、加工和組合的能力等都不爲無法。說它「無技法」，又是因爲一些優秀的散文作者都是嫻熟地活用各個技法，將技法與內容熔爲一體，天衣無縫，以至於好像你說不出有什麼技法了。

散文的這種「以無法爲有法」（徐增語）的創作境界，對於一個散文鑑賞者來說，確實是提出了一項非常艱鉅的任務。散文鑑賞，如不辨其法自然只能得其皮毛，始終只能停留在字面做一些淺嘗輒止的欣賞。如果技法在你是門外漢，結構在你更是微妙不可把握的神祕，這樣至多也是心知其好，而口不能言。

有句形容看雜耍的俗話：「會看的看門道，不會看的看熱鬧。」用它來說明散文鑑賞水平的高下倒也十分合適。由字面的欣賞到對內容與形式的鑑賞，也是由「看熱鬧」到「看門道」；是衡量一位散文鑑賞者能力大小的「分水嶺」。然而，要想識「門道」，辨精微，就不得不對散文的技法有一定的了解。俄國文章大師高爾基說：「必須知道創作技巧。懂得一件工作的技巧，也就是懂得這一工作本身。」「技巧是文化成長的一個基本力量，是文化全部過程的一種主導力量。」（高爾基《談談〈詩人叢書〉》，引自潘旭瀾《藝術斷想》第二〇三頁，百花文藝出版社一九八三年版）他所說的「文化成長」，自然也是包括散文鑑賞在內的。

散文的技法一時也難以勝數，它們是文藝理論工作者根據長期以來的散文創作實踐總結出來的。有的是以成語典故命名，如「一石數鳥」、「釜底抽薪」等；還有的是採用一些生活中的至理名言加以說明，得「彩線穿珠」、「曲徑通幽」、「移步換形」等；有的則是借用軍事、音樂、繪畫藝術語來比況，如「欲擒故縱」、「餘音繞樑」、「烘雲托月」、「橫雲斷峯」等。上述種種，就其名稱而言，已夠人玩味了，況且它們還包含著各自豐富的內容。以下，我們擬就幾種常用的散文技法做些簡要介紹。

㈠烘雲托月法

宋徽宗時有幅「深山藏古寺」的畫，壓根兒没有畫古寺，只是畫了一個老和尚在深山的泉邊挑水，結果卻倍受人們青睞，並傳爲千古佳話。此畫之妙，全在作者不從正面勾畫廟宇，而是著意從旁渲染，言彼襯此，以賓托主，此即人們常說的「烘雲托月」之法也。

宋代山水畫家郭熙在《林泉高致》一書中說：「山欲高，盡出之則不高；煙霞鎖其腰則高矣。水欲遠，盡出之則不遠；掩映斷其脈則遠矣。」（轉引自洪威雷、柳有青《寫作技巧教程》第一二八頁，華中理工學院出版社一九九五年十月版）即揭示了「烘雲托月法」的藝術效果和作用。

在散文創作中，不正面刻畫，表現主要對象，而通過描寫主要對象周圍的人、事、景、物來强調和突出主要對象，正是繪畫「烘雲托月法」的借用。明末著名文藝鑑賞家金聖嘆曾在品評《西廂記》時對這種技巧作過很好的闡述：

> 欲畫月也，月不可畫，因而畫雲。畫雲者，意不在雲也。意不在雲者，意圖在月也。如此寫花卻寫蝴蝶，寫酒卻寫監史也。蝴蝶實非花，而花必得蝴蝶而愈妙；監史實非酒，而酒必得監史而愈妙。

從金聖嘆的這段話裡，關於「烘雲托月法」至少我們可以得到這樣兩點啓示：⑴它是著墨於此物而著意於彼物；⑵它固然是以此襯彼，但又不同於一般的襯托手法，往往卻是以有襯無，無中生有，不像有些襯托並寫兩物或數物，以造成相互映襯。

不過，在實際的散文創作中，如果要表現某一對象，而這一對象又猶如「深山藏古寺」一樣全然不從正面出現，從頭至尾都僅僅從側面來襯托，這是十分罕見的。所以，「烘雲托月法」在散文裡，往往只能從局部上去理解。例如方苞的散文《左忠毅公逸事》，本是寫左光斗的，但在文章前三段裡，左光斗卻並未出場，只是通過對史可法身先士卒、數月不寢的描寫，使讀者彷彿看到他的老師左光斗的英靈。顯然，這裡是以史來烘托左。但文章前後作者還是用了大量篇幅正面寫左光斗。所以，聯繫全文來看就不是繪畫中的「烘雲托月法」了，散文裡的「烘雲托月法」說到底不過是通常講的「襯托法」。

「烘雲托月法」與「襯托法」的主要區別在於：前者是以「賓」（雲）托「主」（月），以「賓」寫「主」，而「主」卻不出現；後者雖也是以「賓」托「主」，但「賓」與「主」都要求先後出現，相互映襯，相得益彰。

散文裡的「烘雲托月」法既是襯托，那麼就有正襯和反襯兩種。正襯是以美襯美、水漲船高之法。楊朔的《海市》是歌頌蓬萊人民的幸福生活的，而作者並不急於正面表現，而是別開生面，從「海市蜃樓」的幻景寫起，在人心馳神往之時，才過渡到對真實海市的正面描寫上來。虛幻的海市是美的，而現實的海市更加美好。這就是以美襯美。

反襯是通過其他的事物做反面陪襯，或以壞襯好，或以劣襯優，或以悲襯喜等。請看老舍《濟南的冬天》中的這一段：

對於一個在北平住慣的人，像我，冬天要是不刮風，便覺得是奇蹟；濟南的冬天是沒有風聲的。對於一個剛由倫敦回來的人，像我，冬天要能看得見日光，便覺得是怪事；濟南的冬天是響晴的。自然，在熱帶的地方，日光是永遠那麼毒，響亮的天氣，反有點叫人害怕。可是，在北中國的冬天，而能有溫晴的天氣，濟南真的算個寶地。

作者寫北京多風，倫敦多雪而不見日光，用以襯托濟南的溫暖等，即屬以哀景來反襯樂情，突出濟南的冬天別具風貌。

㈡橫雲斷峯法

「橫雲斷峯法」與上一種技法一樣，原來都是中國畫中的一種畫法。此法的字面理解是指用雲霧橫抹山腰，使山彷彿被遮斷了，從而以造成「遠近高低各不同」的山勢之感。後來，人們將此法推而廣之，不論是畫山、畫水，或畫田園阡陌等，都不是直接地、全面地表現對象，而要求通過種種景物來點染，以給人一種視覺上的掩映之美和變化之美。在散文創作裡，「橫雲斷峯法」强調的則是內容結構上的變化，主要是通過「記憶的穿插」來造成一種斷續之美——即在敍述描寫過程中，爲了某種需要，有意中斷文章的主要思路，然後插入記憶中的另一內容，接著再繼續前面思路的敍述或描寫——顯然，散文的「橫雲斷峯法」即與語言表達方式中的「插敍」相似。不過，「橫雲斷峯法」是作爲一種結構變化的技法提出，且不限於在敍述中運用，與「插敍」的語言表達方式有別。

日本女作家左多稻子的散文《談花》，是圍繞愛花、賣花、賞花、讚花而抒情的，其中的賞花一節則有一段往事的小插曲：

我對花也有一段帶著複雜心情的記憶，戰爭快結束的那年四月。空襲正是激烈。那時我們住在淀橋的高田馬場附近，暴露在火星兒橫飛之下，很想找個至少不被火包圍的地方。……

那一帶的房子都給燒掉了，櫻花樹還在。當時八重櫻正好盛開。……生活這樣的艱苦，且來欣賞欣賞花兒的美吧。

從形式上看，作者似乎是從賞花寫開去了，實際上插入這節之後，便把作者賞花的心情推向更深層。在那種艱難的日子裡，作者的愛美之心並未泯滅，給人留下深刻印象。形式是斷了，但內容上卻是續的。這樣，作品就有了橫雲斷峯、橫橋鎖溪之妙，使得文章的情勢錯綜盡變，文意沈鬱頓挫，讀來令人感到峯巒起伏、多姿多彩。

所以說，散文的「橫雲斷峯法」亦即「陽斷而陰續」的結構方法，斷在巧處，續在好處，斷續均無阻隔。形式上的「陽斷」，可以激起敍述上的波瀾，改變文章的節奏，甚至還可造成懸念；而「陰續」又使文章的主要思路不至於中斷，使全文情節連貫，結構更爲嚴密。

「文似看山不喜平」。「橫雲斷峯」應是散文的一種結構藝術美，具有這種結構藝術美的散文，總使人感到筆走龍蛇，常有生氣。

㈢前後呼應法

劉勰在《文心雕龍・章句》中曾說：「啓行之辭，逆萌中篇之意，絕筆之言，追媵前句之旨；故能外文綺交，內義脈注，跗萼相銜，首尾一體。」大意是說，文章的開頭要考慮後面的內容，結尾又要照應「前句之旨」。只有這樣，才能文義「相銜」，「首尾一體」，結構緊湊。實際上，劉氏的這段話已揭示出了「前後呼應法」的基本法則。

呼，即是呼喚；應，即是答應。生活中，人們常要呼喚別人，被呼喚的人聽到後就要答應。這一呼一應，幾乎是往往連在一起。有呼無應，終是憾事；有應無呼，亦爲罕見。寫散文，大約也從這裡得到啓示，如果前面點到某個問題，後面就必有著落，後面要表達的內容，前面又往往先有個交代，以免給人突兀之感。這個「前有交代，後有照應」的技巧，即人們常說的「呼應法」。

呼應的具體方法又有數種：

有的是開頭與標題呼應。日本作家井上靖的《春將至》。開頭寫道：「過了年，把賀年片整理完畢，就會感到春天即將來臨的那種望春的心情抬起頭來。」文章落筆扣題，呼應自然。

有的是首尾呼應。秦牧的《社稷壇抒情》的開頭：「北京有座美麗的中山公園，公園裡有個用五色土砌成的社稷壇。」結尾又寫道：「啊，北京這座發人深思的社稷壇！」這樣首尾拈連，便能給人以結構完整的感覺。

有的是不限於首尾和標題的前後呼應。魯迅先生的《范愛農》，寫范愛農在辛亥革命前後的處境和遭遇時，就曾前後五次提到了「酒」：由「愛喝酒」到「不大喝酒」，到「無酒喝」，最後「酒醉失足溺水而死」。這樣，「酒」便形成了文中的多處呼應，結構上更顯得緊針密線，脈絡分明。同時，也很好地勾勒出范愛農不滿現實、渴望革命、忘我工作、頹唐沈淪的坎坷境遇，形式與內容融爲一體。

「前後呼應法」在散文裡是用得最爲普遍的一種技法。因爲散文取材的片斷性，常常需要通過「呼應法」來周嚴結構，使讀者不至於感到太突然，太散漫，所以說，鑑賞散文，我們就要特別善於發現作者在文裡呼應的蛛絲馬跡。值得注意的是，優秀散文的「呼筆」，常常是並不經意的，故有人又稱此爲「伏筆」。伏者，埋伏之意也。「呼筆」如果著意點明，無「伏」之意，那麼也就無須「應」了。鑒於此，要識別「呼應法」，最好是將「呼筆」和「應筆」聯繫起來思考爲好。

㈣虛實相生法

虛，是指抽象地、理性地或側面地、間接地敘寫；實，則指具體地、感性地或正面地、直接地敘寫。虛實相生法，是將抽象的敘寫和具體的敘寫結合起來使用的表現技法。實寫，重在刻畫對象的具體可感的形貌，它總是按照客觀對象的實際情況進行正面的敘寫，使敘寫的內容常具有一種實質感；虛寫，重在調動讀者的想像，啓人由此及彼，使敘寫出的內容常常具有一種空靈感。一篇優秀的散文，如果只有寫實，必定缺乏靈氣，顯得太板滯；但如果只有虛寫，又一定會感到不夠親切，顯得空泛貧乏，難以喚起讀者感同身受的真切意味。

實寫與虛寫，在一篇散文裡總是相輔相生，同時也是不可缺少的。只有虛實相生，散文才能多彩多姿，變化生色，富有魅力。

本來，散文所反映的客觀對象也有個「虛」與「實」的問題。比如，人物容貌、生活場面、自然景物等這樣一些看得見摸得著的事物，這自然是「實」；而聲音、氣味、思想、情感、夢幻等這些視覺觸覺之外的現象，顯然就是「虛」了。就散文創作的情況而言，以實寫實——即以具體的筆墨去表現實際的事物——這固然並不少見，但以虛寫虛——即以抽象的筆墨來表現虛幻的東西——就顯得十分困難了。本身就是虛無縹渺的情感、夢幻等，再用虛筆去寫，弄得不好準會把讀者引到五里雲霧之外去。當然，也有些散文作者鋌而走險，偶爾也有成功的。比如郭淑敏有篇《一條亮閃閃的光帶》的散文，文中她把在夜空裡飄蕩的小提琴優美的聲音，想像成照亮夜空的光帶，實在奇麗。小提琴的聲音是無形的，再用光帶這個虛擬的比喻來形容，同樣也能喚起讀者美好的回憶。這樣的處理是很難得的。

一般地說，散文創作中的「虛實相生法」，最常見的主要表現為如下三種情形：⑴以實寫實；⑵以實寫虛；⑶以虛寫實。先看第一種情形的例子：

米蘭達睡在果園裡，躺在蘋果樹底下一張長椅上。她的書已經掉在草裡，她的手指似乎還指著那句：「Ce pays est vraiment un des coins du monde ou le rire des filles eclate le mieux……」（法語：這裡確實是能讓姑娘們笑得最痛快的世界之一隅），彷彿她就在那兒睡著了。她手指上的貓眼石發綠，發玫瑰紅，又發橘黃，當陽光濾過蘋果樹照到它們的時候。於是，微風一吹，她的紫衣起漣漪，像一朵花依附在莖上；草點頭；一隻白蝴蝶就在她的臉上撲來撲去。（吳爾芙《果園裡》）

作者用好比是照相似的實寫的筆法描寫了米蘭達在「果園裡」躺下的情景，運筆細膩，刻畫逼真，簡直這是一幅充滿田園詩情的風景畫。這種「以實寫實」的手法在散文中隨處可見，優點是能給人一種直感，讀來親切。下面則是屬於「以實寫虛」的例子，魯迅先生的《爲了忘卻的紀念》的末了的這一段：

不是年青的為年老的寫紀念，而在這三十年中，卻使我目睹許多青年的血，層層淤積起來，將我埋得不能呼吸，我只能用這樣的筆墨，寫幾句文章，算是從泥土中挖一個小孔，自己延口殘喘，這是怎樣的世界呢。夜正長，路也正長，我不如忘卻，不說的好罷。

在這裡所表現的是，魯迅先生對反動統治者殘酷的血腥屠殺的仇恨心情，以及對許多革命青年英勇鬥爭的敬仰。以虛實來衡量，這些都屬於不可捉摸的虛無的思想感情，作者卻借助於具體的視覺形象來突出和表現，便爲我們更好地具體把握作者的內心世界提供了可能。

將生活中「虛」的現象用「實」的筆墨寫出，其突出的作用在於化無爲有，使難以感觸的事物具有一種直感和立體感，便於讀者把那具體的形象與所表現的虛無的東西聯繫起來，借助於聯想、想像，從而達到完形鑑賞，獲得更多更豐富的內容。我們再看一個「以虛寫實」的例子：

一張全新的魚網覆蓋著半條小巷，像一片輕舒的雲彩飄浮在石板道上。

當我走遍全鎮，才發現大街小巷裡隨處可見這種雲片似的大魚網，有幾條大道上，幾乎滿街是網。從一張魚網裡，人們可以想像滿綴水珠的網眼中千萬條大魚鮮蹦活跳，魚鱗閃耀著燦然的銀光。

這是何爲的散文《水鄉吟》中的一節。作者寫水鄉的魚網，完全是沈浸在美麗的想像中，他以非常喜悅的彩筆，化實爲虛，在神奇的虛擬之中獲得了美的享受。

在這裡，「以虛寫實」中的「虛」，可作兩種理解，即在抽象地、間接地著筆這個大前提下，一種是用來間接敍寫的事物本身同樣也是「虛」的，如上例所舉；一種是用來間接敍寫的事物本身卻是「實」的，它只是爲了從側面去烘托、表現屬於「實」的客觀對象。比較而言，後一種又最爲普遍。請看吳伯簫《記一輛紡車》中的這一段：

紡線有幾種姿勢：可以坐著蒲團紡，可以坐著矮凳紡，也可以把紡車墊得高高的站著紡。站著紡線，步子有進有退，手臂儘量伸直，像「白鶴晾翅」，一抽線能拉得很長很長。這樣氣勢最開闊，肢體最舒展，興致高的時候，很難說那是生產，是舞蹈，還是體育鍛鍊。

作者寫紡線的各種姿勢，用了「白鶴晾翅」、「舞蹈」、「體育鍛鍊」等這樣一些屬於「實」的事物去虛寫，可謂虛中帶實，筆墨傳神。

總起來說，一篇優秀的散文，虛實總是以實寫爲基礎，實寫又儘可能是與虛實相結合的。上述我們列舉的虛實結合的兩種方式，具體運用時又常常交替變化。亦虛亦實，虛虛實實。

㈤欲擒故縱法

魯迅的《藤野先生》，本是要表現作者對他在日本留學時的老師藤野的懷念與敬意，可是文章一開始，作者並沒有寫藤野，而是先寫清國留學生的種種醜態；再接下去，作者還是未提到藤野，卻又再寫仙台醫專職員對作者的好奇和照顧，等等，然後才正面去寫藤野。文章主要寫藤野，而又遲遲不寫藤野，左騰右挪，七彎八拐，最後才把他寫出來。這種寫法，正是作者在藝術構思上突破落筆點題的一般方法，而巧妙地採取放縱的筆觸，以求最後更好地「擒」住要寫的人物，使文章產生波瀾跌宕的藝術美感——此即爲「欲擒故縱法」。

「欲擒故縱法」，本是軍事上的一個作戰術語，是講爲了更好地殲滅敵人，往往並不是去正面地硬拼，而是採取種種辦法先麻痺敵人，殊不知此時已撒開包圍的網，並慢慢縮小了圈子，以形成最後的「甕中捉鱉」之勢，殲滅敵人。

擒，本意是抓住，這裡是指對題旨的直接而突出的揭示與深化；縱，本意即放開，這裡是指從題旨寫開去，表面看來似乎是漫不經心，「顧左右而言他」。散文創作的「欲擒故縱法」，即是作者對要寫的題旨或人物，先不緊緊扣住對象來寫，而是從所要表現的主要對象繞開去，等到繞到一定的程度再回到本題上來。

「欲擒故縱法」是一種搖曳多姿的章法藝術，它避開了一覽無遺，而使結構顯得富有變化，把呆板的變得生動活潑。擒與縱，縱是爲了擒。只有「縱」得好，「縱」得有特色，才「擒」得有力，「擒」得意外，「擒」得有味。正如周振甫先生所比況的那樣：「鷹找到了目的物，在飛下來搏擊時，先在空中盤旋，然後突然下來一擊就中，這個盤旋地也像放鬆，那是爲了蓄勢。拳頭打出去時，先向後縮一下，向後縮也像放鬆，也是蓄勢。」（周振甫《文章例話》第一四八頁，中國青年出版社，一九九三年十二月版）所以，大凡成功的「欲擒故縱法」，都是在「縱」字上下功夫。

「縱」的方式方法也有很多。有的是借用相聲藝術中的「抖包袱」的方法來「縱」，故意把話慢慢兒岔開，引而不發，最後出其不意地著力「擒」住；有的往往先「賣個破綻」以造成讀者的錯覺，然後收口一「擒」；有的是在縱中帶擒，正要擒住，急而又縱，縱縱擒擒，待將行文終結才全力擒住等等。總之，「縱」的筆墨多、變、巧，全是爲了寫出不同凡響的最後一「擒」。從篇幅上看，一篇散文也大都依靠「縱」筆來展開；甚至可以說，沒有「縱」，也就沒有散文的主體內容。試想，一篇散文，如果一開始就把那最精彩的內容表達詳盡了，那麼後面的文章還會吸引人嗎?

「擒」與「縱」是一對矛盾。優秀的散文，總是「擒」賴於「縱」，「縱」出於「擒」；縱是手段，「擒」是目的。離開了「擒」的目的去隨心所欲地節外生枝、借題發揮，結果只能是使作品結構臃腫，散漫拖沓；反過來，「擒」而不能「縱」，思路拘謹，好像一團化不開的墨膏，自然也不可能有縱擒騰挪、峯回路轉之妙。

在一篇散文裡，擒縱手法的運用也不限於一縱一擒，而往往是幾縱幾擒，起伏跌宕。打個比方，好比貓兒捕鼠，縱之，擒之，再縱之，再擒之，反復幾次，最後才一口咬住，豈不十分痛快?方紀的《揮手之間》即是這樣運筆的。文章開始，作者交代了一下線索：人們擁向飛機場送毛主席去重慶，但接下來卻不再寫飛機場，而去敘寫歷史轉折點前後延安人民心情的變化，這是一「縱」；不過，「縱」中又有「擒」——人們畢竟正奔向飛機場。正待「擒」著，作者轉而又回顧修造延安機場的動人情景；這是二「縱」。眼看又要「擒」——毛主席到機場來了。正要寫送毛主席上飛機，文章則又插入寫延安人記憶裡的毛主席形象，這是三「縱」。在以上三「縱」之後，才著力刻畫「揮手之間」的歷史性場面。如此縱擒變化，在「縱」中展開內容，在「擒」中構成懸念，便產生了強烈的藝術效果。

當然，在一篇散文裡，根本性的、致命性的「擒」只有一次；「縱」則可以大大小小逗出很多層次。從總體構思來看，作者總是慢慢兒逗，故意地撩，最後才狠命地一「擒」——這就是

「欲擒故縱法」的筆趣。

㈥欲揚先抑法

抑是壓下、貶抑的意思；揚，是抬起、褒揚。「欲揚先抑法」，也就是對所要褒揚的事物，先做某些退讓，姑且把自己對這一事物的態度退到貶抑的地步，然後著力褒揚，即擒到讓人景仰的高度。這樣在抑揚的對比中加深讀者對所表現的事物的印象，增强文情的曲折變化，而且更能顯示出揚者愈揚的藝術效果。

劉熙載在《藝概》裡説：「抑揚之法有四：曰欲抑先揚，欲揚先抑，欲揚先揚，欲抑先抑。」實際上，真正有藝術價值的就是前面兩種，而廣泛用之於散文創作的又要數「欲揚先抑法」。因爲散文體裁除了少數議論散文外，一般都用之於對正面事物的敍寫，其情感的主要基調都是帶有褒揚性質的。不論是記人、敍事、寫景，作者要表現它們，都在於所表現的東西有其美點在閃光。否則，作者也就不可能表現欲望了。

和「欲擒故縱法」一樣，「欲揚先抑法」也是運用矛盾的對立統一規律來構成的。「抑」與「揚」，「抑」不過是手段而已，「揚」才是作品的最後目的。但「揚」又是與「抑」相比較而存在，没有「抑」也没有真正「揚」。不過是重在後「揚」，「抑」起襯墊的作用。抑揚對立，相互生發，「抑」得愈狠、愈巧，「揚」得也就愈高，愈能出奇制勝。如賈平凹的《醜石》就是一篇成功地運用「欲揚先抑法」的力作。文章先從各個側面極寫「醜石」的醜；它外貌醜，「黑黝黝」的顏色，牛似的模樣；它用途醜，既不能壘山牆，又不能鑿石磨，石匠也不要；小孩子更是對它嗤之以鼻；連花草也嫌它醜，不願跟它爲伍；……「真是醜得不能再醜了」。作者匠心獨運地先大肆渲染「醜石」醜的表面現象，其目的在於由此深入「醜石」的內在美：天文學家終有一日發現它原來是天上落下的二三百年前的隕石，是件極有價值的寶物。「揚」其「補過天」、「發過熱」、「閃過光」，更「揚」其「醜石」不屈於誤解、寂寞的生存的偉大品格！這樣大抑大揚，大起大落，文章即顯得有氣有勢，光焰逼人。如果作者一開始就將「醜石」的美「揚」起來，後文便很容易造成平直之感。

古人也十分重視「欲揚先抑法」。《戰國策》裡有一篇《馮諼客孟嘗君》，作者開頭寫馮諼「無能」、「無好」的言行，似乎是在貶低他。可是讀完全文，得知他爲孟嘗君「市義」、「鑿三窟」時，才明白此人並非等閒之輩，原來是一個深謀遠慮的人物。

「欲揚先抑法」是藝術上的一種强調手法。它來自於生活，來自於人們對客觀事物的認識規律。人們認識客觀事物往往是由表及裡、由簡單到複雜。在這個轉化過程中，往往都是曲折的，而將這個曲折的過程反映到文章裡來，就自然地形成了「欲揚先抑」的技法。

(七)寫意傳神法

寫意，原是中國畫的一種技法（與「工筆法」相對），指以簡練的筆墨勾勒出事物的神采。這種筆法，在散文裡也常常借鑒過來。因爲散文的格局短小，不要求有完整的故事情節，也不要求多方面地刻畫人物形象。同時，散文又要求有較大的容量，在短短的篇幅裡表現豐富的內容。因此，散文就特別要求運用繪畫中傳神寫意的技法，用概括、簡約的筆墨集中、突出地表現事物的主要方面和本質特點。

德國女作家蔡特金的散文《一次黨的會議》，是表現列寧的。像列寧這樣的人，可以讚頌的方面很多，在一篇短短的散文裡又如何表現呢？從這篇作品來看，作者的確是深諳此中三味。她並未把文章鋪開以求詳盡，而是抓住列寧性格的一個方面深入發掘，高超地運用了「寫意法」去勾勒。比如她寫列寧的外貌，就不像小說那樣一般運用工筆細描，而只是集中寫了一下列寧的外套，其餘都一概捨棄。寫外套，她也並不去細說它的料子、顏色、樣式等，只用了極簡練的筆墨寫道：「他還穿著我初次見他時所穿的那件樸素的、刷得很乾淨的外套。」僅此一句，就很傳神地從衣著上表現了列寧質樸性格的一個方面，而這也正是本文主題之所在。寫到列寧的肖像，作者又只是借用一同參加「會議」的盧森堡對列寧頭部所作的「藝術家」的觀察和評論來表現，同樣體現了散文傳神寫意的特色。

一般來說，散文的「寫意傳神法」突出表現在以下兩點：一是在取材上的不完整性，常常是掐頭去尾，善於截取最能激動人心的那一個部分去集中表現；二是對所選用的材料也不做全面、仔細地敍寫，寫人、敍事、繪景等，常是粗筆揮灑，疏疏幾筆，便能使所表現的對象栩栩如生，生動傳神。正因爲如此，鑑賞散文就要求我們對作品中的每一個細小的部分都要留心，始終保持較爲高度的注意力，不能像讀小說那樣隨意瀏覽，一閃而過，否則就很容易忽視作者的匠心。我們再看吳伯簫散文《獵戶》的結尾：

談著談著，不覺已經晌午。

天晴了。很好的太陽。

如果我們把這兩行當作小說來閱讀，大家也就不會再去深究了，實在平淡不過。但作爲這篇訪問記的結尾，它除了再次點明時間和以此透露自己內心的歡愉之情外，同時「天晴」、「太陽」等又分明含有雙關之意，也讚美了社會主義制度的優越。這即是散文「傳神寫意法」所表現出的神韻！

㈧張弛結合法

「張」是拉開弓弦，「弛」是放鬆弓弦。「張」與「弛」生活中也大量存在。山峯有高低，流水有緩急，聲音有大小，事物總是有節奏地向前發展的。現代人們常用成語「一張一弛」來比喻工作的緊鬆、生活的勞逸要調節適當。古人曾説過：「張而不弛，文武弗能也；弛而弗張，文武弗爲也；一張一弛，文武之道也。」（《禮紀·雜記下》）有張有弛，張弛結合，這條生活的規律任何人都不得打破。

反映到散文創作中來，「張」是指用快速流動的筆法敍寫緊張激動的場面與情景；「弛」是指用緩慢流動的筆法敍寫輕鬆舒緩的內容。所謂「張弛結合法」，也就是在文章中將「張弛」兩種內容錯綜安排，疾徐交替，以造成一種有緊有鬆、跌宕有變的藝術效果。這好比聽音樂，一味是大鑼大鼓，神經受不了，始終是絲竹嗚咽，也讓人提不起神來，必須抑揚頓挫、强弱穿插才好。

張弛法在葉聖陶的《五月卅一日急雨中》運用得較好。文章開始寫道：

從車上跨下，急雨如惡魔的亂箭，立刻濕了我的長衫。滿腔的憤怒，頭顱似乎戴著緊緊的鐵箍。我走，我奮疾地走。路人少極了，店鋪裡彷彿也很少見人影。那裡去了？那裡去了？怕聽昨天那樣的排槍聲，怕吃昨天那樣的急射彈，所以如小鼠如蝸牛般，蜷伏在家裡，躲藏在櫃台底下麼？這有什麼用！你蜷伏，你躲藏，槍聲會來找你的耳朵，子彈會來找你的肉體，你看有什麼用？

這一劍拔弩張的開頭，一下子就把讀者的心情拉了上來。街上的人們都哪裡去了？這顯然是「張」。接下來幾段，著重寫「我」的心理活動，運筆稍緩，讀者的心情也隨著「我」的思考平息了一些，這便是「弛」。再接著，「我」的眼前忽然出現「兩個巡捕」，腰間插著手槍，讀者此時的心情一下子又和「我」一樣變得緊張起來。然後作者再插進這樣一段：

雨越來越急，風吹著把我的身體捲住，全身濕透了，傘全然不中用。我回身走才來的路，路上有人了。三四個，六七個，顯然可見是青布大褂的隊伍，雖然中間也有穿洋服的，也有穿各色衫子的短髮的女子。他們有的張著傘，大部分卻直任狂雨亂淋。

這段環境、場面描寫再次使整個快速的敘寫基調得到了鬆弛。散文藝術中的張弛，實際上也就是造成作品藝術節奏的一個重要因素，同時也是散文鑑賞者的閱讀要求。一個散文作品，如果通體鬆弛、迂緩，就會難以吸引讀者；但如果通體緊張、急速，又會容易使讀者疲勞。

當然，散文創作中的張弛，也不限於上面情節方面的緊張與弛緩，還可以是情感氣氛上的强與弱，人物刻畫上的詳與略，語言運用上的疏與密等。這一切，都可以造成一種張弛節奏之感。

二、把握個性　類型鑑賞

劉勰在《文心雕龍・知音》中，曾把「觀位體」看成是文學鑑賞的首要任務，這當是十分中肯的發現。何謂「觀位體」呢？即指對文學作品進行類型分析與鑑賞，或者說，是對不同類型的文學作品採取相應的鑑賞態度和手段的一種鑑賞方法。

根據不同的標準，可以對文學作品進行不同層次的分類。「五四」之後我國一直流行的「四分法」，即把全部文學作品分爲詩歌、小說、戲劇和散文四個類型。單就散文而言，通常又可分爲記敍散文、抒情散文和議論散文三種；而記敍散文又可單列出遊記散文，抒情散文也可單列出詠物散文。以下我們便分別談談對不同類型散文的鑑賞。不過，作爲散文鑑賞甚至所有文學鑑賞的一些共同方法，與類型鑑賞並不抵牾，而是同中求異、相互補充的，在相同的前提下有所側重而已。

㈠記敍散文的鑑賞

記敍散文的鑑賞，首先是要充分認識散文選材的片斷性在記敍散文中的突出表現。

記敍散文不僅不同於一般的記敍文，也不同於敍事文學（如小說等）。記敍文屬於一種練習性文體，强調記敍「六要素」的完整性，而且一般只記敍一件事情，比較單純，而記敍散文卻是富有變化的，靈活得多，尤其是選材的片斷性在記敍散文裡十分突出。作者不論是回憶往事，還是記敍現實中的某人某事，總是不注重原原本本、詳詳細細地去敍寫事件的全部發生、發展的過程，而常常是以某一中心事件爲主，雜以記憶的穿插，運用好幾個大大小小的生活片斷來表現一個集中的主題。即使是記敍某一中心事件，但也不是詳細而連貫的，很少像小說那樣有情節的線索，往往是抓住這一中心事件的幾個側面來記敍。

例如許地山的《落花生》，這是一篇重在記事的散文，文章記敍的中心事件是花生收穫後的家庭慶祝會，約佔全文五分之四的篇幅。慶祝會雖然開了大半個晚上，但事情是如何開始，中間又經過了一些什麼曲折，作者都一概省去，只是側重寫了「父親」對於花生寓意的發言以及「我」當時的一些感想，而與「媽媽」、「姊姊」和「哥哥」有關的內容又是略寫。所以，我們讀這類散文雖然會感到有一點情節和場面，但完全不同小說那樣富有故事性。

另有一些記敍散文，我們甚至很難找到中心事件，像魯迅的《藤野先生》。作品時而東京，時而仙台，時而北京，校內校外，國內國外，人事錯綜，相互穿插，這就更體現出了選材上的片斷性。

記敍散文的寫人也不像小說那樣運用典型化的手法塑造豐滿而具有立體化的人物形象，而是常常運用繪畫中的「寫意法」來簡筆勾勒，强調傳達人物的神采，抒寫作者的主觀情意。如歸有光《項脊軒志》中寫母親、祖母和亡妻的形象，都只有疏疏幾筆。寫母親，是通過老祖母之口來回憶：「汝姐在吾懷，呱呱而泣，娘以指叩扇曰：『兒寒乎？欲食乎？』」就這麼一筆，便寫出了一種深切的母愛。記祖母，又是憑借一象笏來敍寫：「頃之，持一象笏至，曰，『此吾祖太常公寶德間執此以朝，他日汝當用之』。」也是只有一筆，表現出慈母對晚輩的殷切希望。至於寫亡妻，只是用一句間接描寫：「庭有桃杷樹，吾妻死多年所手植也，今已亭亭如蓋矣！」就這樣，作者用筆都非常簡練，卻神情畢肖地寫活了幾個人物。顯然，這種「寫意法」的運用，同樣也是不注重情節的連貫的。

記敍散文在選材上的這種片斷性，是由散文的抒情性所決定。記敍散文與記敍文以及小說的一個最大的不同就是：它不在於要完整地記敍某件事情或是敍述一個什麼故事，而在於通過一些生活片斷的記敍來抒寫某種情感。明乎此，我們也才能找到記敍散文鑑賞的真正歸宿。

其次是要理清作者引文的脈絡。由於記敍散文選材的片斷性，如果我們只是匆匆忙忙地讀一二遍，恐怕就難以把握住作者究竟要說什麼。因此，理清脈絡，了解文章記敍的順序與層次就顯得十分必要了。

如何理清脈絡呢?其主要方法是:先給每一個自然段標上大意,逐段標畢,然後統觀上下,把內容相關的自然段劃分在一起,文章的層次就出來了。明確層次之後,再又標出各層的層意,這時文章前後的內部聯繫就較爲清楚了。仍以《藤野先生》爲例,文章大概有如下四個層次:

1.魯迅還沒有會見藤野先生;

2.魯迅會見了藤野先生,並當了他的學生;

3.魯迅告別藤野先生回國了;

4.魯迅回國後十分想念這位良師。

看來,本文在選材上看似林林總總、片片斷斷的,卻始終扣緊了藤野先生這個人物。第一個層次雖然未涉及到藤野先生,但又是爲藤野先生的出場造成的必要鋪墊。

在明確了文章的層次和層意之後,再一個步驟就是弄清記敍的主次,看哪一些生活片斷是作者主要記敍的,哪一些又是次要記敍的,這對理清脈絡,了解文章中心也有重要作用。一般而言,從記敍的方式來看,順敍和平敍的內容常是主要的,倒敍、插敍和補敍的內容是次要的,常常是結合順敍和平敍表達的需要而出現,內容分量也相應地要少得多。

記敍散文鑑賞的第三個要點是,注意領略作者在平實記敍中的深情厚意,善於淡處知濃。記敍散文的終極目的也在於抒情,這是我們前面已經明確了的一個根本要點。但記敍散文的抒情並不是採取大肆渲染的辦法，或者像有些抒情散文那樣直抒胸臆，而是將鮮明的形象和濃烈的感情以平淡出之，在平實的記敍中抒發感情。

郁達夫的《一個人在途上》便是一篇寓濃於淡的記敍散文的名作。文章是爲紀念龍兒之死而寫，全篇充滿著父子之間的至情至性。作者將這種感情用一種向朋友或親人拉家常的語氣，從南北奔走到返京悼兒，中間穿插各種回憶，平平寫來，不動聲色，但作者卻是把整個心力傾注在似乎並不顯眼的文字上，在纏綿和雋永的情味裡，會使人不由自主地和作者一道傷心、哀婉。比如文中寫到作者爲追思龍兒，夫妻倆從外地再搬回什刹海舊居重溫舊情，有這樣兩個片斷：

院子裡有一架葡萄，兩棵棗樹，去年採取葡萄棗子的時候，他站在樹下，兜起了大褂，仰頭在看樹上的我。我摘取一顆，丟入了他的大褂兜裡，他的哄笑聲，要繼續到三五分鐘。今年這兩棵棗樹，結滿了青青的棗子，風起的半夜裡，老有熟極的棗子辭枝自落。女人和我，睡在牀上，有時候且哭且談，總要到更深人靜，方能入睡。在這樣的幽幽的談話中間，最怕聽的，就是這滴答的墜棗之聲。

有一次和女人在那裡睡午覺，她驟然從牀上坐了起來，鞋也不拖，光著襪子，跑上了上房起坐室裡，並且更掀簾跑上外面院子裡去。我也莫名其妙跟著她跑到外面的時候，只見她在那裡四面找尋什麼，找尋不著，呆立了一會兒，她忽然放聲哭了起來，並且抱住了我急急的追問說：「你聽不聽見？你聽不聽見？」哭完之後，她才告訴我說，在半醒半睡的中間，她聽見「娘！娘！」的叫了兩聲，的確是龍的聲音，她很堅定地說：「的確是龍回來了。」

這裡，作者爲表現自己及妻子强烈的戀子、思子之情，並沒有重詞濃筆，也沒有驚呼號啕，但對讀者卻是搜人魂魄，比千言萬語的狂呼直洩更有力量。鑑賞這類散文，我們不得不細細咀嚼，淡處見濃，尤其不能因爲作者遣詞造句的質樸平淡而一掃而過，這樣，對文章的精髓就會失之交臂。

記敍散文鑑賞的第四個要點是因小見大，努力全部把握文章的思想內核。因小見大，幾乎成了記敍散文寫作的慣用語，常以小題材表現大主題，這主要是受制於散文的篇幅。但有人或許認爲，記敍散文的小題材不過就是些什麼回憶啦、懷念啦、山水啦以及一些純個人的生活瑣事等等，這是不對的。固然，記敍散文常以這些內容爲題材，但卻是寓時代的變革於其中，見深刻的內含於記敍的。

魯迅先生的《從百草園到三味書屋》敍寫了他童年時代的幾個生活片斷，可以說是極平凡的了，但表現了作者深刻的思想和戰鬥的精神。美國散文家梭羅的《垂釣》，從題目看來，不過也屬雕蟲小技，但在「垂釣」的記敍中卻是寫出了深刻的哲理：「我這裡憑著一根長絲在手，竟與那些潛蹤在湖底三四十尺下的神奇游魚息息相通。」「泛舟湖上，不時忽覺手下微微一顫，似像絲繩的另一端處有個小生命在那裡蠕動，卻又彷彿忐忑猶豫，下不了決心。」垂釣者和魚之間的這種關係，在人與人之間不也曾相識嗎？既然作者如此著筆於「小」，著眼於「大」，我們就得抓住作者敍寫的小事與整個時代、社會聯繫起來，只有這樣，才能由表及裡地把握文章的思想內核。

(二)抒情散文的鑑賞

抒情散文是作者心靈歷程的記錄，著重表現作者的生活感受，有濃重的抒情色彩。大凡生活中的一人一事，一草一木，都能在作者心靈的膠片上感光，把自己鮮明的主觀審美情愫滲透進去，表現出來，以飽含詩情畫意的感情波濤來激起讀者心潮的浪花。所以，情——在抒情散文裡始終無疑都應該是處於主導地位的。那麼，「情」的發現也便成了抒情散文鑑賞的起點。

從寫作的角度而言，抒情散文的構思首先也有一個發現「情」的問題。俗話說：「挈領而頓，百毛皆順。」「情」就是那個「領」。在一篇抒情散文中，「情」是制約全局的東西，抓住了它，構思的路子就會豁然開朗通暢。而鑑賞實質上也屬於一種再創作活動，寫作抒情散文要抓住「情」這個「領」，鑑賞抒情散文自然也不能忽視。一旦我們發現了抒情散文中的「情」，很多鑑賞中的問題都會迎刃而解。

譬如我們讀朱自清的抒情名作《荷塘月色》，乍讀此篇，只是覺得文章的辭藻華麗，寫景很美。作者夜晚從家中出來，一邊欣賞著荷塘的月色，一邊緩緩地踱步。步移景換，時而寫荷塘，時而寫月色，時而寫周圍的樹，忽而又回想起起江南採蓮的舊俗……作者究竟要表現一種怎樣的情感呢？如果這一點體會不到，鑑賞就只能停留在表面的文辭之上了。

然而，當我們再經過一番認真的思索，便會發現文章一開頭就對文中之情有所暗示——「這幾天心裡頗不寧靜」。接著，我們再讀底下的文字，又會發現作者筆下之景又是相當「寧靜」的。從「不寧靜」到「寧靜」，原來作者是想借自然界中的恬靜幽美來解脫自己心中的苦悶。這種苦悶，自然是來自於現實生活的，且在現實生活中無法解脫。所以，當作者一踏入美好恬靜的「荷塘月色」，就感到「這一片天地好像是我的」，覺得自己是一個「自由的人」，於是又自然地回憶往事，進一步想在懷古中尋找樂趣。這些不正是襯托出了作者對當時現實的譴責、抗爭和不滿嗎？也不正是對篇首「心裡頗不寧靜」做了很好的注腳麼？一旦我們發現並抓住了文中這一感情的潛流，文章就會處處顯示出一種生氣，感到字字句句都是那麼和諧地構成一個有機的整體。

抒情散文中的「情」並不是直突畢露的，即使是直抒胸臆，也不是字字句句都是感情的直寫。試想，如果一篇散文從頭至尾都是口號式的宣洩，那就毫無藝術可言了。因而，作者往往是借形象的描繪來吐露真情。真情爲經，形象爲緯，織出種種動人的風景畫、風情畫，構築出一種特有的情調與氛圍，能給讀者一種可感可觸、身臨其境的實際感受，從而在實際感受中自然而然地發現作者之「情」。這也才是真正的藝術！

我們這樣說，是不是發現抒情散文中的「情」就是一件很難的事情呢？當然不是。發現抒情散文中的「情」仍然是有規律可循的：

1. 需要儘可能地「知人論世」；
2. 抓住作品中的警句剖析；
3. 注意從開頭與結尾去探索；
4. 上下統觀，在內部聯繫中探索；
5. 從文中插敍的神話、傳説、典故的類比、象徵作用中發掘。

另外，在發現「情」的過程中還要注意兩個問題：一個是「切」，一個是「深」。「切」，是指切合，也就是要符合作者的本來用意，不能人爲地拔高或貶低。有些抒情散文的「情」常常寓於人、物、景象之中。如果我們對文中的人、物、景象等體會不透，對「情」的發現就可能謬之於偏。例如茅盾的《雷雨前》這篇優秀的抒情散文，其「情」即深深地滲透在這樣一幅圖畫中：天色陰晦，空氣沈悶潮熱，泥土龜裂，遠處滾著「隆隆」雷聲，電光閃射，蒼蠅、蚊子、蟬兒等鬧成一團……在這裡，我們聯繫本文寫作背景以及作者其人，同時更重要的是結合本文的形象特徵，就不難發現，作者是將自己詛咒黑暗、期待著革命風暴的情感以及對革命雷電的熱情禮讚寓於其間的，那種鬱悶的氣氛正是當時黑暗現實的象徵。這樣理解，我們覺得才是符合作品實際的，否則就可能不「切」。

「深」，是指鑑賞者對文中之「情」要深入細致地審視，從作品的藝術形象中發掘出生活的底蘊，引出作者深摯的情感。又如茅盾的《風景談》，表面看來，文章主要是寫延安的風光，寫了好幾種「風景」，或許認爲作者是在一般地讚美延安的風光的，但實際上，作品是借談風景讚美那充滿革命朝氣的延安兒女，讚美解放區人民的新生活的精神面貌的。因此，鑑賞時就有待於我們深入下去才行。

抒情散文的鑑賞，只是發現了「情」是很不夠的，另一面還需要進一步研究其寫法。如果說，「情」的發現是抒情散文鑑賞的起點，那麼，探究寫法就是抒情散文鑑賞的關鍵。爲什麼這樣說呢？

應當知道，抒情散文的構思是最不講究規則的。你不妨考慮一下，找來幾篇同一題材的抒情散文，它們構思的路子就會大不一樣。記得宋代散文大家蘇東坡曾說過：「吾文如萬斛泉源，不擇地皆可出。在平地滔滔汨汨，雖一日千里無難，及其與山石曲折，隨物賦形，而不可知也。所可知者，常行於所當行，常止於不可不止，如是而已。」（《自評文》）看來，抒情散文的構思是變化無窮的，往往因景因事而發，要行即行，要止即止，真好比「萬斛泉源」，「滔滔汨汨」，不可規矩。因此，抒情散文在寫法上的這一特點，也就給鑑賞提出了一個新的要求——只有探究寫法，才能深識鑑奧。

探究抒情散文的寫法，重點就是要研究作品的構思與結構上的特色，看它如何抒情，如何選材，如何布局，看它具體運用了一些什麼結構技巧，諸如欲揚故抑、虛實相間、横雲斷峯、前後呼應等。

我們可以就兩篇相同題材的抒情散文爲例，一篇是魯彥的《雪》，一篇是劉白羽的《春雪》。魯彥的《雪》，主要是採取了對比的手法，把眼前的雪景與過去的雪景進行對照，倒敍落筆，層層生發，段段剝落。從而告訴讀者，眼前雪景雖美，但總不及過去的「有意思」，反映出作者當時苦悶徬徨的心情。而描摹雪景，又重在運用「五覺相通」的手法，寫得極其精彩，請讀這一段：

我喜歡眼前飛舞著的上海的雪花。它才是「雪白」的白色，也才是花一樣的美麗。它好像比空氣還輕，並不從半空裡落下來，而是被空氣從地面捲起來的。然而它又像是活的生物，像夏天黃昏時候的成羣的蚊蚋，像春天流蜜時期的蜜蜂，它的忙碌的飛翔，或上或下，或快或慢，或粘著人身，或擁入窗隙，彷彿自有它自己的意志和目的。它靜靜無聲。但在它飛舞的時候，我們似乎聽見了千百萬人馬的呼號和腳步聲，大海的洶湧的波濤聲，森林的狂吼聲，有時又似乎聽見了情人的切切的蜜語聲，禮拜堂的平靜的晚禱聲，花園裡的歡樂的鳥歌聲……它所帶來的是陰沈與嚴寒。但在它的飛舞的姿態中，我們看見了慈美的母親，柔和的情人，活潑的孩子，微笑的花，溫暖的太陽，靜默的晚霞……它沒有氣息。但當它撲到我們面上的時候，我們似乎聞到了曠野間鮮潔的空氣的氣息，山谷中幽雅的蘭花的氣息，花園裡濃郁的玫瑰的氣息，清淡的茉莉花的氣息……在白天，它做出千百種婀娜的姿態；夜間，它發出銀光的光輝，照耀著我們行路的人，又在我們的玻璃上札札地繪就了各式各樣的花卉和樹木，斜的、直的、彎的、倒的。還有那河流，那天上的雲……

在衆多的描摹雪景的文字中，這該是很有特色的吧？

劉白羽的《春雪》又不同，本文主要以壯闊的情懷和深沈的思索取勝。寫法上主要採取了「橫山斷峯法」，以作者親身經歷的幾場春雪爲抒情主線。中間再插入有關歷史的鏡頭，把作者幾十年的奮勇向前的情愫貫穿在一起，亦虛亦實，虛實相生，從春雪對新生命的滋潤中汲取「飛馬揚鞭、壯擊向前」的力量，給人以極大的戰鬥鼓舞。這又是魯彥的《雪》所不及的。

的確，鑑賞抒情散文，不了解這種寫法上的特色，其鑑賞必定膚淺，好比是庖丁開始學解牛一樣，作品對於我們只是「一頭囫圇的整牛」而已！

㈢議論散文的鑑賞

議論散文，固然是以議論見長的，但它不像一般議論那樣直接說理，而是借助於具體的藝術形象，富有文采的文學語言來說理，是形象與邏輯的結合，又是抒情與議論的結合。鑑賞議論散文，應注意如下幾個著眼點：

1、善於求索哲理

議論散文貴在對議論對象有真知灼見，其藝術魅力首先是來自議論本身的。誠如劉熙載所說：「明理之文，大要有二，曰：闡前人所已發，擴前人所未發。」（《藝概・文概》）因此，鑑賞這類散文，我們就應注意發掘其哲理的異采。

嚴文井在《永久的生命》一文中，有這樣的議論：

過去了的時候永不再回來。一個人到了三十歲的邊頭就要發現自己丟失了一些什麼，一顆臼齒，一段盲腸，腦門上的一些頭髮，一點點和人開玩笑的興趣，或者就是你那整個的青春。那些東西和那消逝了的歲月一樣只能一度為你所有；它們既已離開了你，就永不會再返回。……生命不像一件襯衫；當你發現它髒了破了的時候，你就可以脫下來洗滌，把它再補好。……

我不得不想到永久不朽的意義。感謝生命的奇蹟！它並不是一個暫時的東西。它彷彿一個不懂疲倦的旅客，也許只是暫時的在哪一個個體內住一會，便又離開前去了，但它是永遠存在的。

它充滿了希望，永不休止地繁殖著，蔓延著，隨處宣示它的快樂同威勢。這該是如何值得讚嘆的一件事！

初讀以上文字，我們很容易爲作者精妙的想像以及形象化的語言所感染，也會隱隱約約觸摸到作者那顆追求「永久生命」的美好心靈；但是，這還只是非常表面的鑑賞，只有當我們通過共鳴獲得情感滿足的同時，再通過冷靜思索提取作者的見解，挖掘出作者蘊含在形象化語言中的哲理，才能得到真正的美感享受。在這裡，作者一方面說，生命是「永不再回來」；一方面又說，生命卻是「永遠存在的」。矛盾嗎？並不矛盾。這是因爲生命「充滿了希望，永不休止地繁殖著，隨處宣示它的快樂同威勢。」這就使得生命具有了「永久不朽的意義」。你看，經過我們這番理性的分析，我們就不只是停留在那些生動形象的語言文字之上了，而是從中領略到了一種思辨的睿智之美，感受到理性的巨大力量。

在議論散文中，這種精煉警策、見解新奇的議論可謂是比之皆是的。再請看：

沒有夜，哪有晨曦的光榮。只是風雨如晦的時候，雞鳴不已才會那麼有意義，那麼有內容。不知黑暗，心地柔和的人們像未鍛鍊過的生鐵，絕不能成光芒十丈的利劍。

——梁遇春《黑暗》

一切都是種籽，身體和心靈均如此。每一種健全的思想是一顆植物種籽的包殼，傳播著輸送生命的花粉。

——（法）羅曼．羅蘭《論創造》

如果一位八十歲的老翁剛娶親，他還是個老翁。一個老人穿上件新衣，仍然是個老人。即使他從一個舊城遷到新城，而那些舊家什也仍然跟著他一起。

——（阿富汗）烏爾法特《新思想》

這些含蘊著思想智慧的警語箴言，在議論散文裡常常是夾雜在文中，猶如礦石的雲母一樣，在議論散文裡閃閃發光，鑑賞時如不留意就會忽略過去。

求索哲理的方法主要是通過冷靜的分析。一篇議論散文不可能句句都充滿著哲理的光輝，那些帶有哲理的議論往往是作爲揭示題旨的「力點」段落出現的，或在開頭，或在中間，或在結尾，部位十分靈活。不過，它總是顯得特別精煉而富有詩意，句子的構成也比較講究修辭，只要注意區別是很容易發現的。一旦被你發現，就應緊緊抓住著意從內部分解，分解的辦法可以採取回環解釋，從字到句，又從句到段，再從段到篇，然後又回過頭來，這樣來回往復的索解，自會有所心得。

2、要進行邏輯分析

議論散文帶有很多議論文的特點，從廣義上講，議論散文也可屬議論文的範疇。比如說邏輯要嚴密，議論要中的，觀點要鮮明等，這些對於議論散文來說也有同樣的要求。正因爲此，對議論散文還應注意進行邏輯上的分析。

需要指出的是，分析議論散文如果死死摳住議論文的論點、論據、論證這三要素去對證，這是行不通的。因爲議論散文既不像議論文那樣有很明確的「三段式」邏輯結構，而且論點、論據、論證又常常有機地結合在一起，並以形象的語言出之，方法也十分靈活。對議論散文進行邏輯分析，主要是看作者是怎樣圍繞中心論點組織結構的，段與段之間，層次與層次之間，局部與整體之間究竟存在著一種怎樣的邏輯聯繫。具體怎樣分析呢？其先後程序大致是：

①劃分層次，寫出層意；

②分析層次間的邏輯聯繫，理清文章思路；

③分析作者是怎樣展開議論的，看結構是否完整、嚴密和統一；

④深入考察局部段落，如開頭段、結尾段和過渡段等，看它們在全文中所起的邏輯作用。

3、注意玩味語言的感情色彩

議論散文通常是用生動的形象來説理，而生動形象的東西總是傾注著作者濃郁的情感。不過，議論散文中的情很少顯露在外，往往是借助類比、比喻、聯想、人物掌故、民間故事等形象化的方式來抒寫。

海涅在他著名的《論「愛祖國」》這篇散文裡，曾這樣闡述對祖國的摯愛之情：「愛國主義、熱愛自己的祖國是理所當然的事。一個人可以愛他的祖國，可以愛到八十歲，但還一直不了解它，不過這個人大概是一直留在家鄉的。春天的特色只有在冬天才能認清，在火爐背後才能吟出最好的五月詩篇。愛自由是一種監獄花，只有在監獄裡才會感到自由的可貴。」這樣的議論，我們在那些優秀的議論散文裡是不難發現的。它一方面憑著其内容的哲理性，使文章產生了睿智的詩情，給人以智慧的享受；另一方面又以其思想的開闊和豐富的想像，使文章的語句飽蘸著作者的感情，生動形象，情理並重，有著强烈的感染作用。

可以說，議論散文之所以嚴格地與一般哲學、科學論文以及議論文有別，最重要的也就在這裡。正如沈德潛所說的「須帶情韻以行」（《說詩晬語》卷下），即以情馭理。這是一種高度主體化、高度情感化的議論。這也就是說議論散文除了以理服人，還應以情動人。我們讀秦牧的《菱角》、《鬣狗的風格》、賈平凹的《醜石》以及本杰明・富蘭克林（美）的《因小失大》、哈・紀伯倫（黎巴嫩）的《笑與淚》等，都無不感受到議論散文在語言上的這一特點。

對於議論散文這種充滿著感情色彩的語言的鑑賞，有待於我們細加品味，從句式、修辭、色調等方面進行精密的賞析。這種能力，自然非一日之功，它應來自於鑑賞者長期的語言修養。

(四)詠物散文的鑑賞

詠物散文亦叫托物言志散文，它是抒情散文中一個較為突出的種類。可以說，托物言志，這是我國散文的優良傳統，其藝術構思，來源於我國古代詩歌的比興手法。比興即先言他物而後引出所詠之辭，言在此而意歸於彼。詠物散文也往往以物比興，採用象徵的藝術手法，以自然物的美或醜暗示或象徵生活中的美或醜的形象；以花草禽蟲等自然景物引類取義，不是用來刻畫文中的個別形象，也不是一般地用來比喻托興，寫景敘事，而是用於散文的完整藝術構思，著眼於全篇。

鑑賞詠物散文，首先是要求體會情意，展現意境。

詠物散文特別講究意境的創造，這是由托物言志散文的文體特點所決定的。我們知道，意境的構成是「意」（志、情、思想觀點）和「境」（物、景、生活形象）二者有機的統一，意和境相依相生，缺一不可。而詠物散文則明顯地表現出了物與志（意與境）這樣兩部分內容，同時必須使這二者相融洽，也就是內情與外物相融洽，從而構成美的意境。

例如郭沫若的《鷺鷥》，借「鷺鷥」的外在美和內在美，來歌頌那些具有質樸勤勞品質的平凡的人；又在《石榴花》中借「石榴花」蓬勃向上的生命力來表現戰士的火熱情懷和對火熱鬥爭生活的嚮往等。作者寫物是爲言情，言情又緊緊扣住物，物與情，物與志融爲一體，詩情畫意，意境美好。在這裡，如果說鷺鷥、石榴花離開了「情」，就不可能獲得如此深刻的含意；而「情」離開了鷺鷥、石榴花，也不可能有如此濃郁的詩意。

要展現詠物散文的意境，重要的是需要認真揣摩物象的特徵。因爲作者之「意」是寄寓在物象這個「境」之中的，只要抓住對物象的理解才能追尋到作者寄寓在文中的思想、感情和意趣，才能進入意境。在豐子愷的《楊柳》中，作者對「楊柳」這個藝術形象的描繪是很傳神的。楊柳不僅隨處可活，剪一根枝條來插在地上」，也會「變成一株大楊柳樹」，且不用肥料，又有木材供人用。接下來，作者進一步說：

我讚揚柳美，但其美與牡丹不同，與別的一切花木都不同。楊柳的主要美點，是其下垂。花木大都是向上發展的，紅杏能長到「出墻」，古木能長到「參天」。向上原是好的，但我往往看見枝葉花果蒸蒸日上，似乎忘記了下面的根覺得其樣子可惡；……楊柳沒有這般可惡可憐的樣子；它不是不會向上生長。它長得很快、而且很高；但是越長得高，越垂得低。千萬條陌頭細柳，條條不忘記根本，常常俯首顧著下面，時時借了春風之力，向處在泥土中的根本拜舞，或者和它親吻。好像一羣活潑的孩子環繞著他們的慈母而遊戲，但時時依傍到慈母的身邊去，或者撲進慈母的懷裡去，使人看了覺得非常可愛。楊柳樹上也有高出牆頭的，但我不嫌它高，為了它高而能下，為了它高而不忘本。

作者在這裡完全賦予了「楊柳」以人的精神，讚美它「高而能下，高而不忘本」，其實質不正是那不忘故土，不忘祖國以及不忘曾給我們傳授過知識的教師高尚情操的形象化的表述嗎？當然，鑑賞者的體會還可以生發下去，但萬變不離其宗，也不能離開「楊柳」這一形象的基本特徵。所以說，是否能夠把握住物象的基本特點，就成了我們展現意境的「牛鼻子」。牽住了物象這個「牛鼻子」，再在此基礎之上體會作者的情意就容易得多了。如果既把握住了物象，又理解了作者之情，我們就會自然踏入作者爲我們創設的那新美的藝術境界。

其次是要注意發掘寓意，努力探求到作品的精髓。

凡詠物散文，作者的表情之意大都比較含蓄，一般都不在文中直接抒發，作者往往把自己的思想感情轉移到物象的描摹上。這樣，鑑賞時就應透過表象探求其精神實質。

西班牙作家麥斯特勒思的詠物散文《夜鶯》，其中有這樣一個片斷：

黑夜來了，這夜鶯就歌唱著，用了低低的聲音——極低的——向著那顆星；歌聲一天一天地響了起來，到盛夏的時候，他已經用響響的聲音歌唱著了，很響的——他整夜地唱著，並不望一望旁邊。而天上呢，那顆星眨著眼，永遠地望著他，似乎是很快樂地聽著他。

等到這愛情的季節一過去，夜鶯們都靜下了，離開了楊柳樹，今天這一隻，明天別的一隻。這不幸的夜鶯卻永遠地停在最高的枝頭，向著那顆星歌唱。

在這個小小片斷裡，我們看到了「夜鶯」是那樣不倦地向著「那顆星歌唱」。它先是用「低低」的、「極低」的聲音唱；慢慢地，聲音「響」了起來，後來是「響響」的，「很響」的了，而且是目不斜視地望著「那顆星」。即便是「愛情的季節」過去了，「夜鶯」卻仍然「向著那顆星歌唱」。這一動人的情景，不由得使我們深思：「夜鶯」畢竟不是人，然而它如此鍾情地望著「那顆星」有何寓意？我們透過這一畫面，又能想到什麼呢？作者應是以「夜鶯」爲象徵物，通過它的歌聲，表達了人類對於美好愛情的虔誠，而且從它的聲音的變化中，我們似乎看到了一個小伙或女子的愛情由小心試探到大膽表白的發展過程，也應是作者對人類忠貞不渝、矢志不移的精神的禮讚。這才是作者寓於畫面之中的深意。

像上面這種寄寓，在詠物散文中有深有淺，有的可能有所暗示，有的則可能全然不露秋毫之意，這就更需要我們鑑賞時努力探求了。《夜鶯》這類散文，重在寫物，詠其內在的氣質與品格，融情於形。這可說是典型的「托物言志」，且作品數量也較多，比如郭沫若的《銀杏》、茅盾的《白楊禮讚》、高爾基的《海燕》、《鷹之歌》等。但另有一類詠物散文，卻是只以某物爲抒情的「觸媒」，並不著意寫物的形狀，寫物的精神，而是以物爲引線，「因物記人」，如冰心的《櫻花讚》、楊朔的《雪浪花》等。鑑賞這類散文應把握兩點：1.「物」與人（或事）究竟是在何種意義上發生聯繫的；2.看作者是如何以物達情，達到物、人（或事）與情二者相生相成，融爲一體的。

以冰心的《櫻花讚》爲例。本文可分爲三層：第一層從開頭到「也曾使我起了一陣低沈的感覺」，寫自然界的櫻花之美以及櫻花在日本人民心中的崇高地位；第二層從「今年春天」到「並祝他們鬥爭的勝利」，寫作者訪問日本金澤市的所見所聞，著重寫了日本人民火熱的革命鬥爭；第三層從「熱烈的惜別」到文章結束，寫日本朋友對櫻花的看法，物與人融爲一體。顯然，文章的大部分篇幅是寫日本人民，那麼文中的「櫻花」與人是如何聯繫起來的呢？我們看到，文中在物與人的轉換上有一句很好的過渡說明：「四月十三日我在金澤夢香山上所看到的櫻花，卻是我所看到過的最璀璨、最莊嚴的華光四射的櫻花！「再聯繫上下文即可得知，夢香山上的櫻花之所以「最璀璨、最莊嚴」，主要是夢香山下的日本人民的鬥爭開展得十分蓬勃、火紅，而日本人民如火如荼的革命鬥爭運動以及同中國人民的熱烈友情，又不正是櫻花精神的體現麼？這樣，物與人便自然勾通了。再從布局來看，第一層寫櫻花的美，爲中間部分寫人的精神埋下伏筆；第二層仍以櫻花爲引線，扣緊題面，但重在寫人的「櫻花精神」，物中有人，人中有物；第三層則爲全文意境的最後升華，有物、有人、更有情。詠物、寫人、抒情融爲一爐，感人至深。

另外，詠物散文不僅講究意境的創造，而且特別注意結構的安排，美的結構更有助於意境的構成。因此，我們在展現意境、探求寓意的同時，還別忘了分析詠物散文精巧的藝術結構。

㈤遊記散文的鑑賞

遊記，是一種記敍遊覽經歷和所見所聞所感的一種應用範圍很廣的文體，屬記敍散文的範疇。凡社會政治、經濟狀況、山川景物、名勝古蹟、風土人情、神話傳說等都可入題，行文活潑，筆調生動。鑑賞遊記，可以增廣見聞、豐富知識，培養人們對山川自然之美的審美情趣。中外很多著名作家、學者都常寫遊記，這些作品具有極大的審美價值。鑑賞遊記，除了需要運用鑑賞一般散文的方法之外，還應根據遊記的特點注意如下幾個方面：

1、理清遊踪。

遊記常以遊程的時間、空間位置的轉換作爲線索來結構，這種線索通常稱之爲遊蹤，即文中記敘的具體遊程。鑑賞遊記，如果把握了遊蹤，其他問題就好辦了。劉熙載在《藝概．文概》中說得好：「惟能線索在手，則錯綜變化，爲吾所施。」

在遊記散文裡，遊蹤的交代一般有兩種方式：

第一種是隨著作者的遊程逐一陸續交代的。如柳宗元的《小石潭記》，作者隔篁竹，聞水聲，再循聲伐竹而見潭，然後走近岸邊見到潭底及游魚，最後作者離潭「而去」，遊覽完了，文章也隨即結束，遊蹤也一一交代得很清楚。這種寫法，在遊記中較爲常見，因爲作者的遊蹤是隨時交代的，鑑賞的時候也就應隨處留心，不然讀完後就會感到一片模糊。

第二種是集中交代遊蹤，然後分別介紹景點。如葉聖陶的《黃山三天》，作者在第四自然段就把他在黃山的三天去向交代得清清楚楚：

我們所到的地點，溫泉最南，獅子林最北，這兩處幾乎正直。我們走的東路，先到溫泉東邊的苦竹溪，在那裡上山。一路取西北方向，好比是直角三角形的一條弦，經過九龍瀑、雲谷寺，最後到獅子林住宿，那裡的高度大約一千七百公尺。這段路據說是三十多里。第二天下了一天的雨……當然沒法遊覽了，只好守在小樓上聽雨。第三天放晴，我們登了獅子林背面的清涼台，又登了獅子林偏東南的始信峯，然後大體上向南走，到了光明頂……在光明頂南望天都峯和蓮花峯，天都在東，蓮花在西，兩峯之間就是文殊院……我們繞過蓮花峯的西半邊的文殊院，又繞過天都峯的西南腳，一路而下，回到溫泉。

下文則是就上面「提到的分別記一點兒」。這樣，作者對遊蹤做了集中交代，結構上有明顯的特點，鑑賞時就比較好把握。

值得注意的是，還有些遊記的遊蹤並不顯眼，甚至於比較複雜。例如于敏的《西湖即景》，則是以作者美的感受爲主線的，遊蹤只在適當的地方稍稍提了一下。這就爲鑑賞者造成了一定的難度。

葉聖陶說：「寫遊記最難叫讀者弄清楚位置和方向，前啊，後啊，左啊，右啊，說上一大堆，讀者還是捉摸不定。」（《黃山三天》）看來，作者在交代遊蹤這個問題上也是慎之又慎的，對於鑑賞者來說又何嘗不是如此？

2、緣景入情。

有些讀者鑑賞遊記，尤其喜歡迷戀作品中的寫景文字，這雖並非壞事，但很多人只是迷戀寫景文字的外表，諸如詞藻啦、色彩啦、構圖啦等，這就不免走入了遊記鑑賞的歧途。

自然，遊記一般都離不開寫景，一篇好的遊記，至少有一二段很美的寫景描寫。然而，我們之所謂「美的景物描寫」，並不是看你用了多少華麗的詞藻什麼的，關鍵是要看你借景抒發了什麼樣的情，情與景是否交融在一起。有些遊記中的寫景，在自然界中甚至算不上什麼美景，比如柳宗元的《小石潭記》中的那個小石潭。在自然界中不過是一個不毛之地，在一片亂竹雜木的包圍之中，人迹罕至，周圍盡是石頭，參差不齊；潭中有幾小魚，陰森森地晃動，這種地方叫你去玩，也未必會去。但就是這麼一個場所，在柳宗元老先生的筆下卻變成了一個美妙無比的仙境。關鍵是什麼？這就是作者在寫景中注入了一種寧靜恬淡的情感，隨之筆下的景物也就變得空靈起來。反之，生活中即使很美的場景，如果没有相應的情感滲入，就決不可能美。這一點，對於遊記作者來說是應深知此中奧妙的，他們表面上是在寫景，但實際上卻是在寫情，移情入景。因而，我們鑑賞的時候就得恰恰與作者走一個「迎頭路」。他是移情入景，緣情寫景，你就得緣景入情，這便是遊記鑑賞的一條重要原則與方法。

方孝孺在《琅琊山遊記》一文中，這樣描寫在琅琊山開化寺最高處的藏經樓月夜賞景：

……迎春樹的枝條在月光裡灑下姍姍的影子，像一個古美人拖著飄逸的裙裾一樣。濯纓泉這時澄黑如墨。佛殿上的鐘聲已悠緲下去。我們忽想到藏經樓上去看月色，裳寬立刻去點一盞玻璃燈，在前面引導……這時候月光照滿山谷，像有一抹淡淡的藍色的輕煙罩在樹梢上。稍遠山峯一層層輕淡下去，漸漸化合在白霧似的游氣冥茫之中。藏經樓在佛殿的正後面，是開化寺的脊背，從這裡看出去，可以看到全廟的位置；這是建築在一個極其安穩的山谷中，左右的山巒都從後面伸出來，像一雙手臂很小心的，緊緊圍護著。幾萬棵樹木同時發出低低的河流似的聲音。我這時心理異常感動，恨不得對著這莊嚴的月夜膜拜。

緣景入情，首先當然是「緣景」——審視生活實景在作者筆下究竟有什麼特色。上面這個片斷，作者不知不覺地把我們帶入一片灑滿月光的迷茫山色之中，如同觀賞一幅精美的山水淡墨畫，又好像是欣賞一闋沈潛的小夜曲。試想，月光中，泉水「澄黑如墨」，佛殿上的鐘聲悠悠在空中飄蕩，遠處的山色淡如輕煙，樹林在微風中發出低低的聲音……我們讀著這段文字也會不由得隨同作者「對著這莊嚴的月夜膜拜」呢！「緣景」在前，便可「入情」在後——領會作者蘊藏在景物中的感情。實際上，我們在欣賞這段寫景文字的同時，「入情」也在其中了，不然也不會如此令人心曠神怡。我們覺得它好，覺得它美，正是從這幅風景畫中窺探到了作者清逸、超脫的情愫。

緣景入情，重要的是「緣景」，並不是憑著讀者的主觀臆測去想像，去鑑賞，一定要結合作者筆下之景去領會作者筆下之情，這才能使所入之情與作者所寓之情一致。

3、**把握遊感**。

從寫法上講，遊記可分兩類：一類是借景抒情，重在寫景的，如《小石潭記》、《琅琊山遊記》等；另一類則是借遊寫感，重在通過記遊説道理、發議論的，如《遊褒禪山記》、《石鐘山記》等。鑑賞前一類遊記，就應側重在「緣景入情」，鑑賞後一類遊記則應側重在「把握遊感」。

以《遊褒禪山記》爲例，文章開始一段寫遊山的幾種情況，有的是淺嘗輒止，有的是知難而進等，緊接著引出一大段議論：

> 於是予有嘆焉。古人之觀於天地、山川、草木、蟲魚、鳥獸，往往有得，以其求思之深而無不在也。夫夷以近，則游者眾；險以遠，則至者少，而世之奇偉瑰怪非常之觀，常在於險遠，而人之所罕至焉。故非有志者不能至也。有志矣，不隨以止也，然力不足者，亦不能至也。有志與力，而又不隨以怠，至於幽暗昏惑，而無物以相之，亦不能至也。然力足以至焉而不至，於人為可譏，而在己為有悔；盡吾志也，而不能至者，可以無悔矣。其孰能譏之乎？此予之所得也。予於仆碑，又有悲夫古書之不存，後世之謬其傳，而莫能名者，何可勝道也哉，此所以學者不可以不深思而慎取之也。

文章最後交代了一下遊覽的時間及同遊者，全文也隨之結束。從內容上看，文中對褒禪山的名勝風景涉及很少，甚至找不到一般人所迷戀的那種寫景文字，而大部分篇幅都是用來論遊山，然後又借遊山談治學的道理——指出要有志向、精力，而又不能半途而廢，才能極盡「奇偉瑰怪」之觀，達到學問的高深境界。這就有待於我們鑑賞時結合文中議論冷靜思索了。

4.設身處景。

這一點可與前面的「緣景入情」結合起來運用。要想儘快地「入情」，鑑賞時最好是把自己也擺進去，恰如我就是作者，作者就是我，設身處景地來閱讀作品。因爲只有真正地「入乎其內」，才能與作者的感情相通融，方得作品寫景抒情之情味。譬如我們讀張岱的《白洋潮》中的這一節文字：

……立塘上，見潮頭一線，從海寧而來，直奔塘上。稍近，則隱隱露白，如驅千百羣小鵝，擘翼驚飛。漸近噴沫，冰花蹴起，如百萬雪獅，蔽江而下，怒雷鞭之，萬首鏃鏃，無敢先後。……

顯然，很多讀者都可能沒有見過浙江潮這一奇觀，這固然爲鑑賞帶來了一定的難度，但也無妨，只要我們鑑賞時緊緊抓住文中加點的詞語，設身處景地反復品味，調動自己豐富的聯想，漸漸地我的情感與作者的情感就自然會產生共鳴，鑑賞開始時的隔膜就會逐漸消失。

原版跋

記得當我寫完我的第一本著作《詩歌鑑賞入門》之後，曾有如釋重負的感覺，嘆曰：「做學問的確是一個很苦的功夫。」不料一頭栽進去卻不能自拔，現在竟是又在爲我的第三本書寫「跋」了，而且還慢慢生出一種在茲樂茲的心情。

談文學鑑賞的修養與方法，在目前還是一門嶄新的學問，至少大陸尚很少有這樣的專著問世。西方出現的所謂「接受美學」，儘管在審美鑑賞方面具有劃時代的意義，但不涉及具體的文學類別的鑑賞，這不能不令人遺憾。

作爲一個真正的人，沒有一定的文學鑑賞的修養，連一個非常熟悉的優秀作品都不能發生一點點興味，這當是十分悲哀的事。同時，提高對古今中外文學作品的鑑賞能力，也是提高全民族審美素質的一個不可忽視的方面。再者，我們有些青年成天夢想成爲詩人、小說家等，天天只知道寫呀寫呀，卻不知道從培養自己的文學鑑賞能力入手，紮紮實實地讀一點中外文學名著，這也是普遍存在的問題。我的《詩歌鑑賞入門》和這本即將付梓的《散文鑑賞入門》同時得到大陸與台灣方面的重視，或許只是出於以上的理由吧？

其他的話就沒有了，書已出版就不再屬於我個人，我誠懇地等待著海內外讀者諸君的賜教！

魏飴　己巳秋分時節魏飴寫於常德寓所

國家圖書館出版品預行編目資料

散文鑑賞入門／魏飴著. --再版. --臺北市
：萬卷樓, 民 88
面；　公分
ISBN 957-739-220-2(平裝)

1. 中國散文-鑑賞

825　　88008061

散文鑑賞入門

著　　者：魏　飴
發 行 人：許錟輝
出 版 者：萬卷樓圖書有限公司
台北市和平東路一段 67 號 14 樓之 1
電話(02)23216565・23952992
FAX(02)23944113
劃撥帳號 15624015
出版登記證：新聞局局版臺業字第 5655 號
網 站 網 址：http://www.wanjuan.com.tw/
E　-mail：wanjuan@tpts5.seed.net.tw
經 銷 代 理：紅螞蟻圖書有限公司
台北市內湖區文德路 210 巷 30 弄 25 號
電話(02)27999490
FAX(02)27995284
承 印 廠 商：晟齊實業有限公司
電 腦 排 版：浩瀚電腦排版股份有限公司
定　　價：240 元
出 版 日 期：民國 88 年 6 月再版

ISBN 957-739-220-2